KB268781

내 앞에 봄이 와 있다

내 앞에 봄이 와 있다

초판 1쇄 인쇄 2012년 10월 4일 초판 1쇄 발행 2012년 10월 12일

지은이 김규리
펴낸이 연준혁

출판 2분사 _ 분사장 이부연
책임편집 배민수
제작 이재승

펴낸곳 (주)위즈덤하우스
출판등록 2000년 5월 23일 제13-1071호
주소 경기도 고양시 일산동구 장항동 846번지 센트럴프라자 609호
전화 031-936-4000 | 팩스 031-903-3891
홈페이지 www.wisdomhouse.co.kr
종이 월드페이퍼 | 인쇄 영신사 | 제본 신안제책사 | 후가공 이지앤비

값 12,800원
ISBN 978-89-5913-706-0 [03810]

국립중앙도서관 출판시도서목록(CIP)

내 앞에 봄이 와 있다 / 김규리 지음. —고양시 : 위즈덤하우스, 2012
p. ; cm

ISBN 978-89-5913-706-0 03810 : ₩12800

한국 현대 수필[韓國現代隨筆]

814.7-KDC5
895.745-DDC21   CIP2012004508

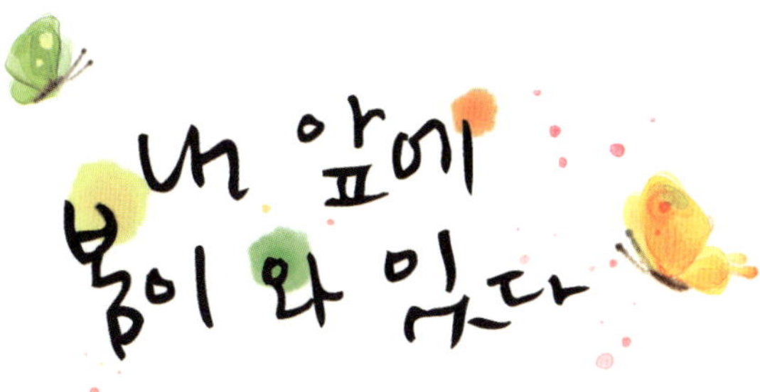

김규리 지음

예담

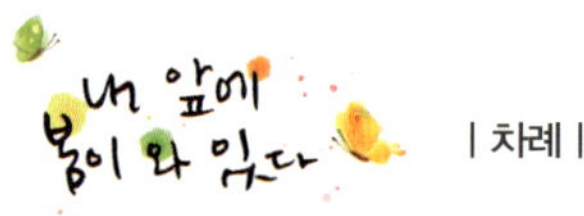

| 차례 |

**오늘 하루
잘 견디기를**

**가만히,
천천히**

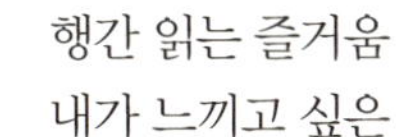

EPILOGUE
서서히, 그리고 진하게

문득 그동안 살아온 삶에 대해
돌아보는 시간을 갖고 싶어졌습니다.
언제 글을 써서 책 한 권을 채울까 싶었는데
막상 쓰고 보니 30년이라는 시간을
어찌 책 한 권에 고스란히 옮길 수 있으랴 싶네요.

이 책은 그저
책상을 탈탈 털어 정리하듯
그간의 일을 중구난방 기억나는 대로 엮은 내용을 담았습니다.
누군가에게는 활자로만 느껴질 테고
또 삶이 바쁜 누군가에겐 지루할 수도 있는
저의 지극히 개인적인 이야기입니다.

부족함이 보이더라도 너그러운 마음으로 봐주세요.
오늘을 살아가고있는 당신에게
이야기를 들려주고 싶었습니다.
행복은 먼 곳이 아닌 '여기, 지금, 이 시간'에
늘 존재하고 있었다고.

1년 열두 달 중 몇몇 날에 '특별한' 이란 단어를 붙이듯
내 작은 하루에도 '특별한' 을 붙이면 나는 결국 특별한
인생을 살고 있는 사람이 된다고.
피동적이지 않고
내 삶을 내가 선택할 수 있는
주체적인 삶을 살자라고 말입니다.

한바탕 꿈과도 같은 인생,
기왕이면 행복하게 살고 싶습니다.
작은 것을 취하면 행복은 언제나
시간 안에 촘촘히 녹아 있습니다.

감사한 하루
즐겁게 살겠습니다.

한바탕 꿈과도 같은 인생,
기왕이면 행복하게 살고 싶습니다.
작은 것을 취하면 행복은 언제나
시간 안에 촘촘히 녹아 있습니다.

서른 즈음에 들여다보는 나의 이야기

엄마 뱃속에서 독립한 지 서른네 번째 해를 지나고 있다.

나는 대한민국의 여배우다.
나는 서른네 살의 여성이다.

지나온 시간을 가만히 돌이켜보니
세상을 바라보는 시선도 달라지고
다시 되돌아가고픈 마음도 생긴다.

문득
내가 서 있는 이 시간 안에서
나 자신의 모습이 궁금해졌다.

서른 즈음에 들여다보는 나의 이야기

그래서 시작하게 되었다.

서른 즈음에 지나온 날들과
살아갈 날들을 이야기 해보기로.

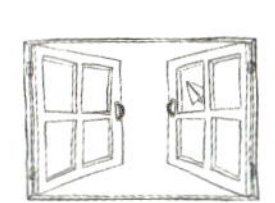

햇살 비치는
창가에
내 마음 한조각
걸어놓고

봄이 문 앞에

봄이 문 앞에서 계속 서성이고 있습니다.
닫혀 있던 문을 열어주길 기대하면서
언제부터 기다리고 있었던 걸까요.
봄이 찾아왔습니다.
닫혀 있는 문을 오늘은 열어줄까 합니다.

어두운 밤, 아침은 올까 두려웠고
추운 겨울, 따뜻한 봄은 올 수 있으려나 의심도 했었습니다.
그러나 이렇게
봄이 문 앞까지 왔습니다.
오늘은 조심스레 문을 열고
봄이란 손님을 집 안으로 모셔야겠습니다.

봄이 문 앞에서 서성입니다.
오늘만큼은 닫혀 있던 이 문을 열고
봄을 반갑게 맞아줄 것입니다.

올해도 봄은 오더이다.
내 마음에도 봄은 오더이다.

두 바퀴 자전거

'처음'은 언제나 설레고 그 두 배만큼 두렵다.
두 바퀴로 된 자전거를 처음 탔을 때가 그러했다.
초등학교 3학년 때쯤이었는데
그때까지도 나는 네 발 달린 자전거를 탔었다.
나에게 동네 오빠들이 타는 두 바퀴 자전거는
그저 부러움의 대상이었다.
내가 탈 수 있으리라고는 꿈에도 상상 못했던 것이다.
어느 날 집에 놀러온 사촌오빠가 자전거 타는 법을
가르쳐주겠다고 나섰다.
"오빠가 잡아줄 테니 걱정 마."
나를 안심시킨 오빠 덕분에
나는 '도전'이란 것을 처음 하게 되었다.
'그래. 오빠는 키도 크고 운동도 잘하니 믿어도 되겠지?'

집 앞으로 나갔다.
그 곳엔 옆집 세탁소 아저씨가 타던 낡은 자전거가
나를 기다리고 있었다.
두 바퀴 자전거는 생각보다 컸고 많이 녹슬어 있었다.
덜컥 겁이 났다.

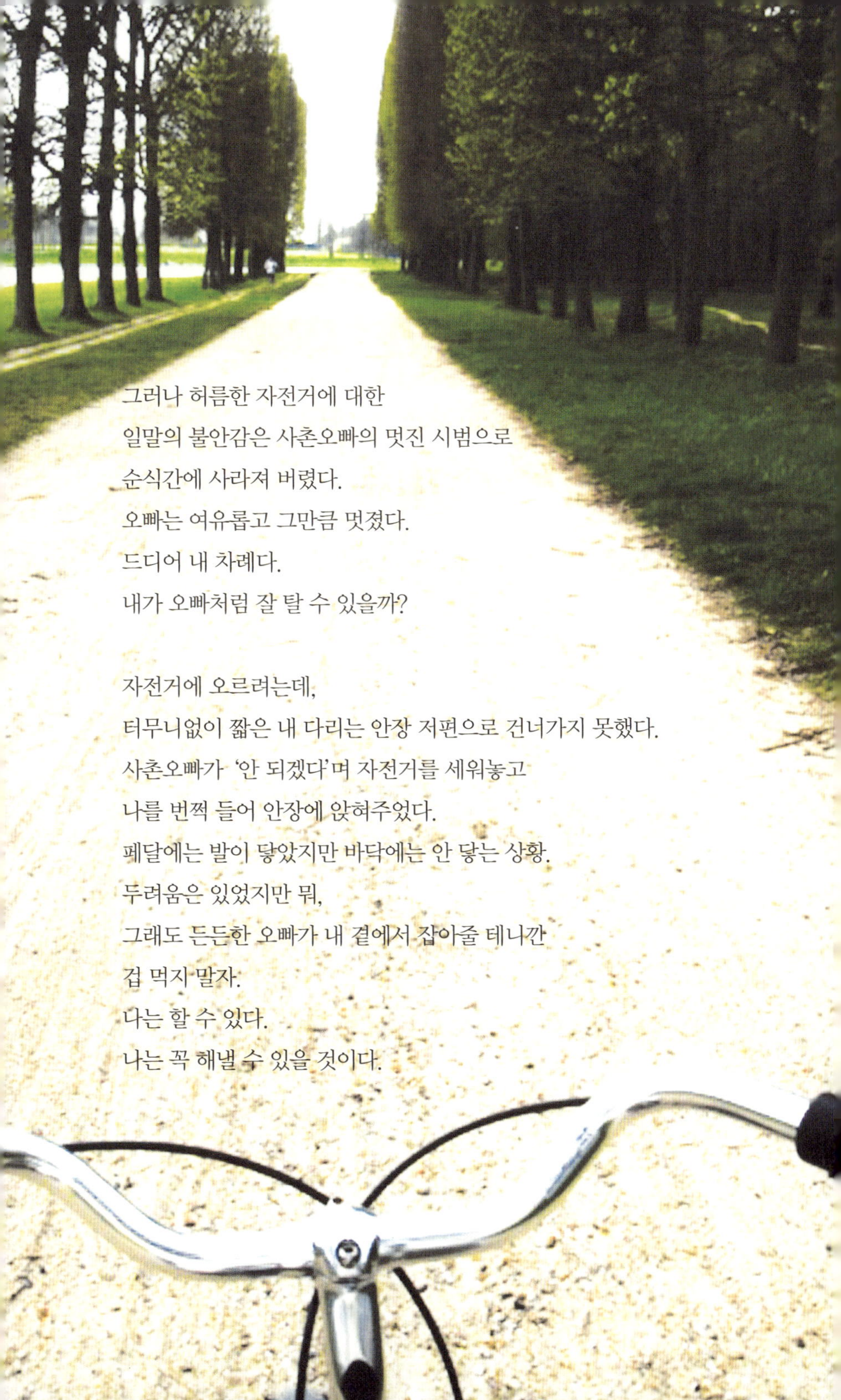

그러나 허름한 자전거에 대한
일말의 불안감은 사촌오빠의 멋진 시범으로
순식간에 사라져 버렸다.
오빠는 여유롭고 그만큼 멋졌다.
드디어 내 차례다.
내가 오빠처럼 잘 탈 수 있을까?

자전거에 오르려는데,
터무니없이 짧은 내 다리는 안장 저편으로 건너가지 못했다.
사촌오빠가 '안 되겠다'며 자전거를 세워놓고
나를 번쩍 들어 안장에 앉혀주었다.
페달에는 발이 닿았지만 바닥에는 안 닿는 상황.
두려움은 있었지만 뭐,
그래도 든든한 오빠가 내 곁에서 잡아줄 테니깐
겁 먹지 말자.
나는 할 수 있다.
나는 꼭 해낼 수 있을 것이다.

떨리는 마음으로 균형을 잡듯 발을 굴렸다.

비틀비틀 페달이 돌아갔다.

바람결이 느껴진다.

그래, 나는 어느새 달리고 있었다.

두 발로 뜀박질을 할 때와는 비교할 수 없는 속도감.

나는 신이 나서 마구 페달을 밟으며 달렸다.

한참을 타다가 "오빠, 재밌다!"하며

오빠를 보려고 고개를 돌리는 순간

나는 기절초풍을 했다.

오빠가, 아니 내 등 뒤에 있어야 할 오빠가

저기 멀리서 웃고 있는 게 아닌가.

그 순간 페달이 밟아지지 않았다.

오빠가 없다는 생각을 하니

더 이상 페달이 마음처럼 돌아가질 않았다.

그리고 나는 결국 바닥에 내동댕이쳐져버렸다.

내가 이럴 줄 알았어.

꽈당!

무릎이 까지고 손바닥에선 피가 흘렀다.

"엉엉 … 오빠가 잡아주기로 했었잖아.

오빠, 잡아주기로 해놓고. 오빠 나빠…".

도전이란 배움을 온몸으로 터득했다.
오빠가 뒤에서 잡아줄 거란 믿음에
나는 난생 처음 올라탄 두 바퀴 자전거를
맘 놓고 탈 수 있었지만
오빠가 잡아주지 않았는데도 자전거가 굴러간다는 게
무슨 의미인지 깨닫게 된 것이다.
그렇게 나를 믿게 되었다.
그 믿음을 기억해냈을 때,
나는 혼자서도 자전거를 탈 수 있었다.

믿음의 힘은 강하다.
생각의 힘은 강하다.
두 바퀴 자전거를 배우게 된 날,
나는 나를 믿어야 한다는 것의 의미도 배웠다.

나는 할 수 있다.
모두가 불안한 듯 바라볼 때도
나를 믿으면 내 바퀴를 움직일 수 있다.
나는 나를 믿는다.
믿으면 못 해낼 것이 없다.

고맙다, 철없던 순간들

스무 살,
모델 활동을 하고 있을 때였다.
당시 나는
수많은 잡지와 의류 카탈로그,
TV 광고 등 종횡무진 누비고 있었다.
그러다 문득 생각해봤다.
'만약에 이 한 컷을 쭈욱 길게 늘여 놓는다면
나는 어떤 표현을 할 수 있을까?'

처음 시작한 일이 모델이었기 때문에 조바심이 났다.
한 컷으로 승부를 거는 작업에 너무 익숙해져서
느낌을 과장되게 표현하고 있는 건 아닌지 염려스러웠다.
'좀 더 편안하고 자연스럽게 감정을 표현하려면
연기를 배워야 되는 건 아닐까?'

그럴 즈음, 내 마음을 미리 알아채기라도 한 듯
마침 KBS 미니시리즈 「학교」의 오디션 제안이 들어왔다.
9차였던가?
아무튼 이례적으로 아주 대대적인 오디션이 이루어졌고,
긴장과 기다림의 순간을 그만큼 치러내야만 했다.

오디션은 천국이자 지옥이다.
누군가에게 나를 검증 받아야 한다는 긴장감과
통과하지 못할 것 같은 절망감이 버무려진
그 조마조마한 순간들.
그걸 아홉 번이나 겪어야 했다.
지금 생각해도 아찔하다.

그중에도 가장 잊히지 않는 대본 리딩 오디션이 있다.
그날은 무작위로 호명된 남자 2명과 여자 1명이
오디션 방에 들어가
그 자리에서 받아든 쪽지 대본을 즉석에서 읽어내야 했다.
내가 가운데에 서서 한 번은 왼쪽 남자와 대본을 맞춰주고,
또 한 번은 오른쪽 남자와 맞춰주는 형식이었다.
어떻게 읽었는지는 기억도 안 난다.
다만 '아, 이게 드라마 미팅이라는 것이구나, 무섭다.' 하는
생각을 했던 건 지금까지 또렷이 기억난다.

겁이 많은 나는 아마 그날 내 기량을
100퍼센트 발휘하지 못했을 것이다.
하긴 기량이랄 게 뭐가 있나.
아무것도 모르던 백지상태였는걸.

그 오디션에서 내 오른쪽에 있던 남자는 장혁 오빠,
왼쪽에 있던 남자는 안재모였다.
하하하!
「추노」 대길이에게도, 「야인시대」 김두한에게도
그런 시절이 있었다.

벌벌 떨며 오디션을 보던 시절이.

결국 우리 세 명은 모두 붙었고

가족 같은 친구이자 동료로 멋지게 드라마를 만들어냈다.

「학교」는 지금 활발하게 활동하는

여러 배우들의 데뷔무대이기도 했다.

당시 새내기 연기자였던 우리는

그야말로 하나가 되어 분량에 상관없이 서로 도왔다.

한 사람이라도 촬영이 안 끝났으면

자기 촬영이 다 끝났더라도 그 사람을 위해 전부 기다려줬다.

모두가 쉬는 날 단 한 사람만 촬영이 있다 해도

다 같이 나와 그 사람의 촬영이 끝나는 순간까지 함께했다.
자기 일처럼 애정과 응원을 아끼지 않았다.
방송이 시작되고 알아보는 사람들이 하나둘 늘어나도
우리는 지하철도 타고 버스도 타고 다니며 똘똘 뭉쳤다.
우리는 모두 진짜 학생이 되어 진심으로 연기에 임했다.
그땐 그랬다.
첫 작품을 이렇게 멋진 동료들과 함께했기에
지금의 내가 있는지 모르겠다.
성공하고 싶다는 열망,
연기를 잘 해보고 싶다는 소망,
그리고 멋진 배우가 되어 보자는 결심.
그런 마음들을 품게 된 것은
선의의 경쟁을 할 수 있었던 반짝반짝한 동료들 덕분이
아니었을까?

앞에 벽이 있는 줄 알면서도 전력을 다해 달려갈 수 있었던 것은
내 옆에 함께 뛰어주는 그들이 있었기 때문이다.
그래서 나는
어수룩하고 철없던 그 순간이
내 인생에 있어줬다는 것이 참으로 고맙다.

그때가 있었기에 지금의 내가 있다.
그들과 함께였기에 모든 게 가능했다.
그 모든 것이 참으로 고맙다.

부끄럽지 않고, 감사한 나는 누구 앞에서든 당당하게 설 수 있다.
나에게 감사하는 것으로부터 세상에 감사한 것이 시작된다.
나의 고통들을 잘 극복해 가고 있는 나에게,
삶에 오늘 하루를 더해 다시 힘을 내는 나에게 무한히 감사한다.
나에 대한 감사는 생이 끝날 때까지 계속될 것이다.

고도원, 『사랑합니다 감사합니다』 중에서

웃음을 불러내는 웃음소리

창밖에서 어떤 사내가
큰 소리로 호탕하게 웃어 댄다.
"하하하하"

사람의 웃음소리가
새소리만큼이나 반갑게 들린다.

그 웃음소리에
나도 함께 미소 짓는다.

그런 하루.
웃음이 웃음을 불러내고,
평온이 평온을 불러내는,
당신에게도 그런 매일이!

고양이 '모야'

모야는
내가 글을 쓰고 있는 지금도 침대에 먼저 자리 잡고 누워
세상에서 가장 편안한 자세로 꿈나라를 헤엄치며 다니고 있다.
기분 좋은 꿈이라도 꾸는지 코까지 드르렁 골고 있다.

이 녀석을 데려온 지도 벌써 일곱 해가 다 되었다.
우리가 만난 건 가평 산자락에 있던 작은 절.
녀석은 구석에 숨어 나올 줄 모르던 불쌍한 고양이였다.
절에 갔을 때,
불빛 하나 없는 헛간에서 진돗개에게
자신의 밥을 무기력하게
빼앗기던 고양이를 발견했다.
어두웠기 때문에 자세히 볼 수도 없었는데,
절에서 내려오면서도 자꾸 눈에 밟혔다.
내 마음이 그녀 곁을 맴돌았던 것이다.
결국 나는 다음 날 다시 절에 올라
스님께 시주를 하고
고양이를 데려오게 되었으니
바로 나의 동거묘 모야다.

녀석은 소심했지만 어느새 새로운 터전에 적응했다.
그리고 호기심 하나는 세계 최강이었다.
엉덩이도 어찌나 가벼운지 가족들 일에 사사건건 참견했고
누가 뭘 하고 있는지 자신이 알아야만 직성이 풀리던
참견쟁이이자, 감시자였다.
마트에서 장을 봐오면 일단 모야의 검열부터 받아야 한다.

남자와 안 좋은 기억이 있는지 남동생이 근처에만 가면
강아지마냥 으르렁거리며 위협을 한다.
모야에게 최후의 수단은 발톱이 아니라 이빨이었다.
진돗개에게 물리며 밥을 빼앗겼던 경험 때문인지
세상에서 가장 위협적인 것이 개처럼 무는 거라 생각하나 보다.
비를 맞으며 살았던 탓에 물을 무서워하지도 않아
샤워를 시켜도 얌전히 앉아 있는다.
발칙한 귀염둥이 꼬맹이 모야!
하지만 호기심 많은 모야에게도
세월은 굳은살을 안겨주나 보다.
이젠 가만히 들어 앉아
가족들이 뭘 하고 있는지 한 눈으로 파악하고
우리 집에서 햇살이 가장 많이 드는 명당자리에
느긋하게 앉아서
맨날 여유만 부리는 개고양이가 되었다.
가끔은 옛날 호기심 많던 모야가 그립기도 하지만,
편하고 안정된 모습을 볼 때면 가슴이 뭉클해진다.

가만히 자고 있는 모야를 조용히 내려다본다.
평온해보인다.
한참 바라보고 있었더니 시선이 따가웠는지 눈을 뜬다.
자신을 보고 있는 나와 한동안 눈을 맞추다
다시 조용히 눈을 감고 잠을 청한다.
평온하다.

자다가 눈을 떴을 때 누군가가 나를 바라보고 있다면
잠시 놀랄만한데
너는 이렇게도 나를 믿어주는구나.
왜 이렇게 먹먹해지는 걸까.
이 녀석은 나를 믿고 있다.
내가 자신을 보호해주리라는 걸 아는 것이다.
나는 너에게 그런 존재구나.
너 역시 나에게 그런 존재.

나의 꼬맹이 모야.
오늘도 너로 인해 내가 웃는다.
고맙다.
어쩌다 이렇게 인연이 되어
서로를 믿고 의지하게 되었을까?
편안한 너의 모습을 보며
나도 편안해진다.
어쩌면 정말 의지하는 쪽은 내가 아닐까?

신뢰란 그런 것이다.
믿음은 이런 것이다.

너와 나에겐 강물 같은 평온함이 흐른다.
서로가 만들어주는 따스함이,
마음이.

처음 가졌던 그 마음으로

처음으로 돌아가자.

처음 가졌던 그 마음가짐으로 다시 돌아가자.

남들보다 두세 배 더 준비하려 했던

끝 모르던 노력과 설레임.

그 어수룩했던 발걸음을 되찾아보자.

익숙함에 길들여지는 대신,

끊임없이 새로움을 추구했던 그때를 품어보자.

선홍빛이던 그 시절을 담자.

온 마음으로 담자.

그래

이제 다시 시작이다.

2011년 11월, 「무신」을 준비하며

늘 배워야 하는 배우의 삶

「나는 가수다」를 봤다.
누군가는 살아남고
누군가는 사라져야 하는 서바이벌 프로그램.
그런데 경력이 10년을 훌쩍 넘은 가수들이 나왔다.
아니 나오셨다!
서바이벌임에도 불구하고
그 자리에 당당히 선 가수 분들에게
진심을 다해 박수를 보냈다.
그분들 덕에 오랜만에 내 마음이 말랑말랑해졌다.
내 귀와 가슴이 참 많이 호강했다.
너무나 기쁘고 고맙다.

나는 배우다.
하지만 배우가 되기 전에는
'배우' 란 단어에 막연한 부러움을 갖고 있었다.
'나도 배우가 될 수 있을까?' 하며
'배우' 란 단어를 가슴에 품고 살아왔다.
그리고 어느새 나는 이곳에 와있다.

누군가는 그런다.
늘 배우면서 살라고 해서 '배우' 라고.
동의한다.
늘 배워야 하는 것이 배우의 삶이다.
글과 감정과 삶을 버무려 세상에 내보내는 일,
허공을 메꾸는 일,
감정을 끌어내 누군가와 공감대를 형성하는 일,
결국에는 누군가의 마음을 읽고 어루만져주는 일.
그것이 배우의 일이다.
늘 배우면서 살지 않으면 가능하지 않은 일이다.

나는 14년차 경력의 배우다.
언젠가 팬 한 분이 내게 해준 말을
나는 잊지 못한다.

"당신과 한 시대를 함께 살고 있어 행복합니다."

내가 가장 힘들고 지쳤을 때 들었던 그 말이
흔들리는 내 두 다리를 간신히 지탱해주었다.
쓰러지고 싶을 때마다 나는
무수히
그 말을 되뇌었다.

이제 내가 말하고 싶다.

그대들과 한 시대를 살고 있어서 참 감사하다고.

삶의 희로애락을 느끼게 해준 그대들,

참 많이 고맙다고.

나는 이제

검정색도 알고 흰색도 아는 나이가 되었다.

여전히 칼날 위에 맨발로 서 있지만

나를 비추는 핀 조명이 켜져도, 또 꺼져도

내 발에 피가 흘러도,

이젠 모두 감사한 마음으로 받아들일 수 있다.

내가 행복해야
행복을 전할 수 있고
내가 나를 사랑해야
진정한 사랑을 말할 수 있다.
나는 그렇게 믿는다.

주구장창 상황이나 캐릭터만을 서술하던 나의 1막은 지나갔다.
그리고 즐거운 2막이 지금 막 시작되었다.
그 2막은 즐겨보려 한다.
마음이 또 다른 마음을 움직이게 하는 법이니,
모쪼록 내 즐거움이 그대에게 전해지기를.

언젠가 때가 되면 나는 춤을 출 것이다.
「나는 가수다」의 가수들처럼
나의 무대에서
나만의 날개를 펴고
당당히 나만의 춤을 출 것이다.
그 춤은
많은 이들을 위로할 수 있는
삶과 사랑에 관한 것이면 좋겠다.

설레는 마음으로 그날을 기다린다.

눈물을 지우다

오래 된 사진을 지우다
눈물이 왈칵 쏟아졌다.

메모리카드를 컴퓨터에 복사했음에도 불구하고
무엇 때문에 이리도 많이 남겨놓았을까?
두려웠나 보다.
내가 지나온 그 시간들이 사라질까 봐.

소중했던 시간들이 담긴
추억 속 한 장, 한 장들을
이제 모두 지우려 한다.
새로운 기억을 위해.

아무 말 없이 사랑은

아무 말 없이,
아무런 인사 없이
아무런 기척도 없이
사랑은 그렇게 지나가 버렸다.
이루어지지 않은 사랑은 서글프다.
아련하지만 영원하다.
이루어지지 않았기에.

외로움도 아픔도
봄바람같이 기다려 본다.

아름답지 않은 사랑이 어디 있겠는가.
그러나 미완성인 사랑은
바닥을 보여주지 않았기에
오월의 들판처럼 화려하다.
그렇게라도 추억하고 싶다.

어른이 된다는 것

일곱 살 된 나의 동거묘, 모야.
맨 처음 집에 데려왔을 때 모야는
호기심 가득해서 온종일 식구들을 졸졸 따라다녔다.
그때는 누가 뭘 하고 있는지 알아내려 그렇게 애쓰더니,
요즘은 웬만한 일에는 눈 한번 치켜뜨지 않는다.
이제 소리만 들어도 모든 것이 감지되나 보다.
오늘도
새벽까지 시끄러운 내 방이 귀찮은 듯 조용한 곳으로
옮겨가더니만
느긋한 잠에 빠져 있다.
몇 시가 됐건 내가 잠들 때까지 옆에 꼭 붙어 있던 녀석인데,
조금 서운한걸!
하지만 나름의 방식을 찾은 것 같아 기특하기도 하다.

다양한 경험을 하고
그 경험치가 쌓인 것을 우리는 '연륜'이라 한다.
시간을 먹는 것,
나이가 든다는 것은 그래서 나쁘지 않다.

어제 광고 촬영을 할 때였다.

마지막 컷에서 좀처럼 톤이 잡히질 않아

시간이 좀 걸렸다.

포토그래퍼는 연신 죄송하다며 어쩔 줄 몰라했다.

"아니에요, 괜찮아요.

좋은 컷 만들려고 온 걸요.

저 일찍 가도 별로 할 일 없어요. 편하게 하세요."

내 말에 그가 좀 의아한 표정을 짓는다.

그리고 말한다.

"프로페셔널 하시네요."

글쎄.

그것이 프로페셔널 한 걸까? 잘 모르겠다.

나는 어쨌든 촬영을 하러 왔고

좋은 컷이 나오는 게 나에게도 좋은 일이다.

짧은 시간 안에 좋은 컷이 나온다면야 금상첨화겠지만

어쨌든 결과물이 좋으면 다행이지 않은가.

그래야 일한 보람도 생긴다.

어떤 일이든 재촉 받을수록 애정은 점점 사그라지고

능률도 떨어지기 마련이니

마음 편하게 일하는 것이 서로에게 이득 아닐까?

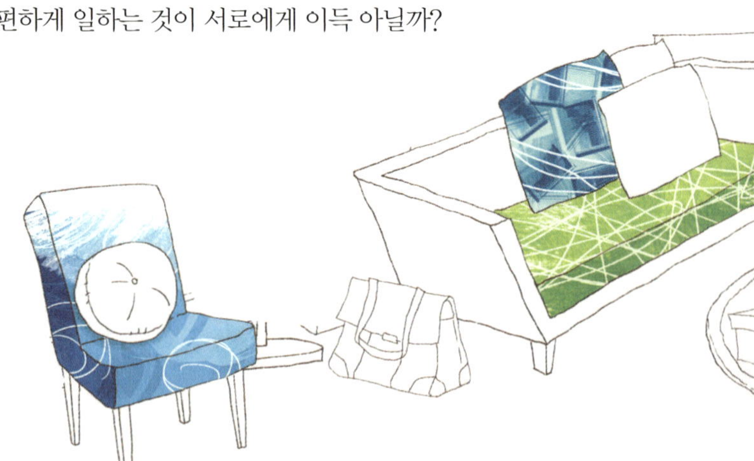

문득 옛일이 생각났다.
처음 카메라 앞에 섰을 때는 어찌 해야 할지 몰라
늘 내 자신을 탓하며 스스로 닦달했다.
그러다 어느 정도 일에 익숙해졌을 때는
고개를 꼿꼿이 들고 거드름도 피워왔다.
시간이 조금 지체된다 싶으면 짜증이 슬슬 피어오르기도 하였다.
겉으로 표현하지는 않았지만 주변 사람들이 그걸 과연 몰랐을까.
알고도 모른 척 해주거나, 내 기분을 맞춰주려 노력했겠지.
그러다가 일이 들어오지 않아 발을 동동 구르기도 해봤으니
이쯤 되면 산전수전 공중전 다 겪어본 셈이다.

그런 경험들이 쌓이다 보니
일을 대하는 태도가 달라졌다.
좀 더 부드러워지고 여유 또한 생긴 것 같다.
기왕 하는 일, 즐겁게 작업을 하는 것이
서로에게 좋은 것임을 깨달았다고나 해야 할까?
생각의 방식이 달라지면서 삶의 태도도 바뀐다.
억지로 부드러움을 연기할 필요는 없다.
여유는 자연스럽게 찾아오는 거니깐,

할 수 있을 때 많은 일에 도전해보고
느낄 수 있을 때 다양한 감정을 누려본다면
때가 왔을 때 스스로 감지하게 된다.
삶을 대하는 태도가 달라졌음을.

푸욱 퍼져 세상 모르고 자고 있는 우리 꼬맹이 모야도
아마 한 귀로는 내 동태를 파악하고 있을 것이다.
그렇게 할 수 있는 여유는
졸졸졸 쫓아다니며 치열하게 탐구했던
지난날들이 있었기 때문에 가능하다.
과거가 치열하면 치열할수록, 후에 더 큰 여유를 갖게 된다.
뿌리가 깊은 나무가 바람에 흔들리지 않듯.
그렇게 얻은 연륜과 여유가 쌓일 때,
우리는 어른이 되나 보다.

그 사람과 내가 비슷하다고 느끼는 건

나도 모르게
그 사람을 좋아하게 되어서
그의 모습 속에 나의 모습을 찾으려 하는
사랑의 본능이래.

자꾸
너의 모습 안에서
나를 찾으려 애쓰는 나.

너는 이런 내 마음을 알까.

왼쪽 어깨 위 반짝이는 빛 하나

시간의 굳은살이 박여 가슴이 딱딱해지는 요즘
사랑을 하는 것도,
사랑 때문에 아파하는 일도,
누군가를 마음에 담고 설레는 것도,
사랑 때문에 생기는 그 모든 것이
그저 부럽기만 하다.

내 짝은 어느 하늘 아래 있을까?
나는 이미 말랑말랑해질 준비가 되어 있는데
그 사람은 어디서 무얼 하며 그리도 바삐 지내고 있는지.

얼마 전 파울로 코엘료의 『브리다』란 책을 읽었다.
그 책에 이런 내용이 나온다.
'소울 메이트를 만나면 왼쪽 어깨 위에 반짝이는 빛이 난다.'
내 어깨는 언제 빛나게 될까?
어서 그 빛을 보고 싶다.

간절한 소원은 달님에게

모야를 병원에 데리고 갈 때마다 전쟁이다.
고양이라 목줄을 맬 수도 없고, 또 안고 갈 수도 없어서
케이지에 넣어서 데려가는데,
케이지만 눈앞에 나타나면 도망가니 문제다.
고양이는 다 그런가?
위기가 느껴질 때면 어디서 그런 힘이 나오는지
그렇게 꽉 붙들었는데도 그걸 모두 뿌리치고 빠져나가 버린다.
갑자기 초능력이 솟아나 무척추동물로
변신이라도 하는 모양이다.
모야를 키우기 시작한 초반에는 여러 번 아찔했다.
한번 놓치면 순식간에 사라지기 때문에
이러다가 잃어버리는 게 아닌가 싶은 적이 한두 번이 아니었다.

사실 모야 마음도 이해한다.
내가 케이지를 꺼낼 때라고는 병원 갈 때밖에 없으니 말이다.
겨우겨우 잡아 케이지에 넣으면 이미 어디 가는지 예감하곤
아주 애절한 소리를 내뱉는다.
"냐아아아옹~~"

병원 가기 싫어 케이지를 필사적으로 피하는 모야를 보더니,
작은 언니가 자기 옛날 얘기를 해줬다.
언니가 초등학교 4학년 때 이가 썩어 많이 아팠단다.
그런데 아프다는 사실을 엄마한테 들키기 싫어
밤이면 밤마다 엄마 눈치 보며 밖으로 나갔다고 한다.
그리고 아무에게도 들키지 않을 은밀한 곳으로 가
간절히 달님에게 절을 하며 소원을 빌었다는 것이다.
절 한 번하고 주위를 둘러보고
또 절 한 번하고 주위를 둘러보고.
"내가 그랬어. 울며불며,
달님! 저 좀 살려주세요. 저 좀 살려주세요. 달님!
아주 간절하게 말이지.

그냥 달도 아닌 '달! 님!' 에게 말이다.
'님'을 꼭 붙여야 돼. 그래야 간절해지지!"
엄마에게 아프다는 걸 걸리지 않으려고
찬물을 입에 물어보기도 하고,
그래도 아프면 따뜻한 물을 머금어보기도 하고,
이것도 안 된다 싶으면 얼음을 물어보기도 했다고 한다.
그럼에도 불구하고 밀려오는 아픔에 결국 눈물을 흘리다
안 되겠으면 찾아가는 것이 바로 달님.

우리는 그 얘기를 하며 한바탕 배꼽잡고 웃었다.
눈물까지 찔끔 흘리면서.

나도 별다를 바 없었다.
그때는 이가 아프면 아픈 것 자체보다
엄마가 알아채시는 게 더 무서웠다.
엄마가 알게 되면 진짜 공포의 순간들을
대면해야 했기 때문이다.
이가 흔들리면 엄마는 흔들리는 내 이빨에 실을 꽁꽁 매어
문고리에 묶었다.
그리고는 '쾅!' 하고 문을 닫아 이를 뽑았다.
몸집이 작은 나는 닫히는 문과 함께 몸이 딸려가
몇 번이나 엄마 작전을 실패로 돌아가게 했다.
그러면 엄마는 방법을 바꿔 직접 실 끝을 잡고선
예기치 않은 타이밍에 이마를 '팍!' 쳐서 뽑기도 하셨다.
그때는 치과에 가서 그 무서운 의자에 앉는 것도,

또 엄마에게 걸려 실로 이를 뽑히는 것도 모두 다 끔찍했다.
두 번 다시는 겪고 싶지 않은 공포 그 자체였다.
그러다 보니 이가 아프면 공포가 먼저 밀려와
어떻게든 피할 방법을 연구했던 것이다.
밤이면 밤마다 간절히 ‘달님’에게 빌기도 하면서.
이제와 생각해보면 정말이지 눈물 나게 귀엽던 시절이다.
하지만 어쩌면 그때나 지금이나 변하지 않은 것은 아닐까?
아픔에 대한 두려움 때문에 먼저 움츠려 들고,
도망칠 준비부터 하고 있는 건 아닌지.
사랑을 시작도 하기 전에 상처 입을 것을 두려워하고,
머뭇거리고 도망가고 있는 건 아닌지.

고양이 모야도, 어린 언니도, 어린 나도,
그리고 서른넷의 나도
어쩌면 같은 달을 보며 빌고 있는지 모른다.
아픈 건 싫다고.
아프지 말게 해달라고.

연필은 쓰던 걸 멈추고 몸을 깎아야 할 때도 있어.
당장은 좀 아파도 심을 더 예리하게 쓸 수 있지.
너도 그렇게 고통과 슬픔을 견뎌내는 법을 배워야 해.
그래야 더 나은 사람이 될 수 있는 거야.

파울로 코엘료, 『흐르는 강물처럼』 중에서

지나온 날들에 대한 위로

내가 지내 온 모든 시간에
심심한 위로를 전한다.

여기까지 오느라 고생 많았어!

모든 시간들에는 이유가 있었고
그 시간이 너를 여기까지 데려다준 거야.

더 이상
아파하지 말고
두려워하지 말고
힘차게 한걸음을 내딛자.

no stress café

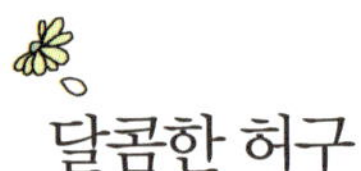

달콤한 허구

요즘 들어 말이 많아졌습니다.
누군가 내 말을 들어주는 사람이 있으면
나는 신이 나서 끝도 없이 말을 합니다.

외로웠나 봅니다.
답답했었나 봅니다.

그래서 내 말을 들어주고,
내 마음을 알아주는 당신들이
나는 참으로 고맙습니다.

내 말 들어주는 사람

때로는
삶에 대한 이상을 보여주는 것이
지치지 않는 힘을 갖게 해준다.
그것이 단지 허상일지라도
지독한 현실보다는
속더라도 달콤한 허구가 낫다.
최후엔 그것이 버티는 힘이 되기 때문이다.
현실이 지독할 때라면.

벼랑 끝에서
어쩌면 내가 날 수도 있을 것이라고
누군가가 그렇게 말해주기를
나는
간절히 바란다.

잠들기 전 인사

하루를 마무리하고
침대에 누워 이불을 덮으며
내가 늘 되뇌는 말이 있다.
"고맙습니다. 정말 고맙습니다."

잠들기 직전 오늘 하루를 어떻게 보냈나,
다시 한 번 되짚어보는 일은
어릴 적부터 갖고 있었던 오랜 버릇이다.
돌아보는 하루는 꼭 자책과 반성으로 끝을 맺었다.
'이렇게 말을 해야 했어!
이렇게 행동했어야 됐어!
오늘 너무 바보 같았어. 다음엔 그러지 말자 제발!'

나는 완벽함을 늘 꿈꿔왔고 내 자신에게만은 참으로 엄격했다.
칭찬보다 질타가 더 많았다.
그러다 보니
출구가 없는 사건이 내게 닥쳤을 때도
내 스스로가 나를 더욱 벽에 몰아붙였고
내가 내리치는 채찍질에 맞아 내 등에 피가 나고 상처가 났다.

아픔의 고통이 크다 보니 그대로 그 자리에 주저앉아
다 포기할 뻔도 했다.
스스로가 만들어놓은 허상 속에 갇혀버렸던 것이다.

몇 번의 반복으로 이제야 겨우 깨달은 것이
바로 일상의 고마움이다.
나에 대한 응원도 잊지 않는다.
그래서 나는
자기 전, 그리고 눈을 뜨기 직전 꼭 그렇게 되뇐다.
"참 고맙습니다"라고.
오늘 아침에도 그랬고
자기 직전 또 그럴 것이다.
고맙다고 말이다.
말에는 힘이 있다고 했던가?
그렇게 하다 보니 왠지
고마운 일들이 많이 생길 것 같아 하루하루가 설레인다.

그래서 나는 날마다 즐겁다.

ZELEN

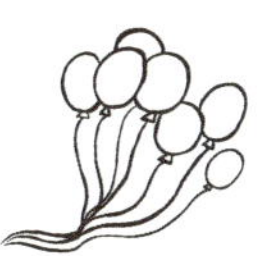

내 인생은
비 온 뒤 맑음

❀ 빛나는 황금산

내가 세상에 태어날 수 있었던 건 전적으로 태몽 덕분이다.

나는 4녀 1남 중 넷째 딸로 태어났다.
위로는 언니 셋,
아래로는 남동생 하나가 있는 딸부자집이 우리 집이다.
실은 내 위로 오빠가 하나 있었다는데,
약한 아이로 태어났던 오빠는
병원에서 태어나 병원에서 살다가 백일이 조금 지날 무렵
하늘나라로 떠났다고 한다.

엄마는 너무나 상심이 커서
한동안 아무 의욕도 없이 지내셨다고 한다.
그러다가 나를 가지게 되었는데
남자아이면 낳고 여자아이면 포기하기로 하셨단다.
성별을 알아보기 위해 초음파 검사를 했을 때였다.
살기 위한 본능이었던가?
내가 중요한 부위를 살짝 가리고 있었다는 게 아닌가?
'아들인 거야, 아닌 거야? 낳아야 되나 말아야 되나…'
부모님은 몇 날을 고민하셨다고 한다.

그러던 중 엄마가 묘한 꿈을 꾸셨다.

따뜻한 봄날이었다.
엄마는 산에 오르고 있었는데
기분도 좋고 날씨도 좋아서 콧노래까지 부르며 걸었다.
그러다 그만 뭔가에 걸려 넘어진 것이다.
툭툭 털고 일어나 다시 길을 가려했더니,
웬 남자의 목소리가 불러 세우는 게 아닌가.
뒤돌아보았지만 아무도 없었다.
두리번거리며 소리가 나는 곳을 찾아보니
목소리 주인공은 아까 걸려 넘어졌던 돌부리였다.
돌부리가 엄마를 부른 것이었다.
그런데 엄마가 자기를 알아보자,
그 돌부리는 금세 엄청나게 큰 바위가 되었다.
꿈 아닌가, 꿈!
그 모양이 신기해서
엄마는 바위를 덮고 있던 이끼를 슬쩍 만져봤다.
그러자 이끼가 다 떨어져 나갔고
그 바위는 어느새 눈부신 황금산으로 변했다.
너무 놀라 얼어붙은 엄마에게 그 산이 말했다.

"나를 들고 가시오!"

엄마는 고개를 절레절레 저었다.
너무 무거워서 못 들고 간다고.

그러자 산이 다시 말했다.
"아니, 당신이 들면 들릴 것이오."
엄마는 할 수 없이
장정들을 불러서 함께 들어봤는데
역시 안 됐단다. 꿈쩍도 안했단다.
힘이 들어 더 이상 못하겠다며 포기하고 가겠다고
발길을 돌리는데
그때 또 음성이 들리더란다.

"당신이 들면 들릴 것이오!"

하는 수 없이 속는 셈치고 엄마가 혼자 그 산을 들어봤다.
그러자 정말 희한하게도 황금산은
들기에 딱 알맞은 크기로 작아졌다고 한다.
그래서 황금산을 들고 오셨다는,
전설의 꿈 이야기.

그 꿈을 깨고 나서 엄마는 이것이 태몽임을 직감했다.
뱃속의 아이가 분명히 남자아이일 거라는 확신이 드셨다고 한다.
이 정도면 나라를 세운 신화 속 주인공들의 태몽 못지않으니
아들도 보통 아들이 아닐 거라고 생각하신 모양이다.
그리고 꿈이 깨고 난 뒤에도 생생하게 기억나던 그 목소리.
그 기개 넘치는 목소리도 분명 남자였다는 거다.
더욱이 황금산 아닌가!
번쩍번쩍 빛나는 황금산!

꿈속의 여러 정황들에 대해 얘기를 나눈
엄마, 아빠는 결론을 내리셨다.
'분명 아들이야. 그것도 아주 큰 인물이 될 아이!'
그리고 지극정성으로 아홉 달을 기다리셨다.

마침내 출산의 날.
엄마의 태몽은 가족들 사이에 이미 유명했고,
딸 셋 끝에 드디어 아들을 보게 되는 이 날을 축하하기 위해
가족들과 친척들이 모두 병원에 모였다고 한다.
지방에서 공부 중이었던 삼촌까지 '귀한 조카'의 탄생을
축하해주기 위해
서울까지 올라올 정도니,
온 집안이 축제 준비를 하고 있었던 것이다.

그런데 웬걸.
오랜 산고 끝에 들려온 의사의 목소리는 청천벽력 같았다.
"공주님입니다."
분위기는 갑자기 얼어붙었고,
삼촌은 서둘러 지방으로 내려가셨다.
그리고 병원은 울음바다가 되었다.
할머니는 통곡하고, 아이를 받아준 산부인과 원장님도
함께 울었단다.
원장님의 눈물은 동병상련의 눈물이었다.
자신도 딸만 다섯이었다니까.
그때는 그런 시절이었다.

아들 아니면
태어나자마자 한숨을 첫 선물로 받아야 했던 슬픈 시절.

나는 태어났을 때 온몸이 새까맣고,
이마에 빨간 점까지 도드라져 있었다고 한다.
일명 '고르바초프 점' 이라고,
평상시엔 안보이지만 춥거나 덥거나 혹은 울면
빨간 점이 선명하게 나타난다.
지금도 있다.
남자아이일 줄 알았는데 여자아이였고,
새까맣고 심지어 얼굴의 절반을 차지할 만큼 빨간 점도 있고.
우리 아버지는 그런 나를 처음 보자마자
이렇게 말씀하셨단다.
"아이고 큰일 났네. 어디 이래갖고 시집은 가겠냐.
스무 살 되기 전에 얼른 누구 줘버리던가 해야지 원…."
그리곤 한숨.

병원을 나와 집에 처음 왔을 때도 마찬가지였다.
세 명의 언니들이 빙 둘러 모여 날 쳐다보며 말했단다.
"애가 너무 못 생겼어요. 아빠 다른 애로 바꿔와 주세요."
치! 내가 무슨 인형도 아니고.

어찌되었든 나는 그렇게 세상에 태어났고
이런 연유로 인해
어쩌면 엄마 뱃속에서부터 철이 들었지 않나 싶다.

소심하긴 했지만 부모님을 위한
착한 딸이 되고자 하는 마음은 적극적이었다.
엄마는 젖이 모자라 설탕을 물에 타 내게 먹이셨다는데
그걸 먹고도 보채거나 울지도 않고
조용하고 얌전했다고 한다.
자라면서도 혼날 일은 기가 막히게 가리며 하지 않았고,
알아서 뭐든 잘했기 때문에
부모님이 속 썩을 일이 없으셨단다.
사촌 언니랑 오빠가 보자기에 나를 담아
양쪽에서 딩가딩가 해주다 그만 떨어뜨렸는데
자지러지도록 울어도 시원찮을 판에
나는 오히려 까르르 웃고 있었다니까.

나는
어쩌면 이 세상에 존재하지 않았을 지도 모르는 그런 아이다.
태몽이 아니었다면 말이다.

그나저나 그때 그 황금은 다 어디 갔을까.
가끔은
혹시 이 태몽, 나 기분 좋으라고 엄마가
지어내신 게 아닐까 의심 해본다.
반짝반짝 빛나는 인생을 선물해주고 싶은,
엄마의 마음.
그 마음을 알고 나니 가슴 아프게 다가온다.

그 길에서는
늘 예기치 않았던
만남들이 기다리고 있었다.
이 모든 만남은 걷고 있을 때 찾아온다.
걷다보면 생각은 담백해지고, 삶은 단순해진다.
아무 생각 없이, 걷는 일에만 몰두하고, 걸으면서
만나는 것들에게 마음을 열고, 그러다보면
어느새 길의 끝에 와 있는 것이다.

김남희, 『여자 혼자 떠나는 걷기 여행』 중에서

❀ 착한 딸

어릴 적 기억 속의 우리 엄마는
저녁마다, 그리고 새벽마다 늘 절에 가셨다.
그렇게 열심히 기도를 드리셨다.
엄마 등에 업혀서, 또 옆에서 쫄랑쫄랑 따라다녔던 나는
법당 안에서 잠들고 잠이 깼던 날이 많다.

내가 다섯 살 때 일이다.
엄마가 기도를 하다 잠시 졸았다고 한다.
그러자 옆에 있던 내가 툭 치더란다.
"엄마. 법당 안에서 자면 안 돼."

아홉 살 때는 일요법회에 엄마 아빠 없이 혼자 가기도 했다.
그런데 하루는 스님의 법문을 듣다가
내가 막 닭똥 같은 눈물을 뚝뚝 흘렸다는 게 아닌가.
그래서 스님이 "왜 우느냐?" 물어보니
"엄마 아빠가 이 법문을 들었으면 좋았을 텐데 너무 속상해요,
스님." 그랬더란다.

앞의 이야기는 나도 처음 듣는 거라 빵 터져서 웃었는데
뒤의 이야기는 내 기억에도 남아 있다.
그리고 그날 스님의 법문까지도 또렷이 떠오른다.

그때 스님께서 해주셨던 말씀은 바로
천당과 지옥이야기였다.
"천국과 지옥은 다르지 않다.
지금 이곳이 내가 느끼기에 너무 죽을 것 같이 힘들면
그것이 지옥이다.
죽어서 가는 곳도 중요하지만 가장 중요한 것은
지금 내가 어떤 마음으로 어떻게 살고 있느냐 하는 것이다."

당시 내 일과 중 하나는
길가에 쪼그려 앉아 개미들에게
과자 부스러기를 뿌려 주는 것이었다.
그때 개미들을 보며 종종 이런 생각을 하곤 했다.
'어쩌다 너는 개미로, 나는 사람으로 태어났을까.
너는 비록 개미로 태어났지만
내가 이렇게 과자를 많이 주면 그래도 행복해지겠지?
나는 너보다 힘이 엄청나게 세지만
학교에서는 발표도 하나 못하는 바보야.
지옥 같아.
너랑 나랑 둘 중 누가 더 행복할까?'

고작 개미한테나 말을 건넬 수 있었던
소심하고 소극적이던 어린 나.
그런 마음일 때, 그 법문을 들었으니 눈물이 날 수밖에.

그렇게 나의 유년시절은
또래와는 조금 다른 세상에 놓여 있었던 것 같다.
엄마는 그랬던 내 모습이 기특하셨나보다.
기특하고 신기했다며 이 이야기를 해주시던 모습이
지금도 눈에 선하다.

나는 착한 딸이 되고 싶었다.

나는
엄마, 아빠의 자랑스러운 딸이 되고 싶었다.

나는
그런 딸이 되고 싶었다.

그리고
지금도 늘 그런 마음이다.

❀ 엄마의 자리

아침부터 기분이 묘하다.
오늘 아침은 눈을 뜨자마자 추억이 밀고 들어온다.

엄마…

엄마가 편찮으셨다.
촬영하느라 바빠서 나는 그것도 몰랐다.
아니, 편찮으신 것은 알았지만,
워낙 체력이 약해 ‘피곤하다’는 말을 입에 달고 사셨던 터라
늘 있는 그런 불편 정도로만 알았다

“엄마가 많이 아파.”
언니가 불안한 목소리로 전화를 해왔다.
그래도 난 “그래?”하며 무심하게 받아들였다.
엄마는 늘 그러셨으니깐.
“앉아서 주무셔.”
이 말에는 가슴이 철렁했다. 그제야 ‘아차’ 싶었다.
이건 아닌데….

안양에 서둘러 내려갔다.
대가족이라 안양 본가에 사는 형제들도 있지만,
서울에서 일하는 형제들은 서울에서 따로 살고 있었다.
서울에 사는 나도 일 핑계로 안양 집에 자주 가지 못했다.

오랜만에 도착해보니,
언니 말대로 엄마는 베개를 다리에 받치고 앉아
나를 맞이하셨다.
일어나 걸을 때도 구부정하게 걸으셨다.
그제야 사태의 심각성을 깨닫고
주변의 아는 사람들을 동원해
대학병원 진료를 예약했다.
일 때문에 오래 있지도 못하고 서울로 돌아왔지만,
내내 마음이 편치 못했다.
'별 일 아니겠지, 아닐 거야.' 하며
정말 큰 병이 아니기만 빌었지만 왜 그런지 마음이 무거웠다.
진료 예약 날짜까지 남아 있는 일주일이 너무 멀게만 느껴졌다.

다음 날, 촬영을 마치고 돌아와 파자마로 갈아입고 있는데
엄마가 전화를 하셨다.
"집 앞이야."
엄마는 어제 못 준 게 있다며 서울까지 오신 것이다.
나는 놀라서 파자마 바람으로 뛰어나갔다.
구부정하게 허리도 제대로 못 편 채 엄마는 양손에 커다란
고로쇠 물통을 들고 계셨다.

내가 들기에도 엄청난 무게였다.

"뭐 하러 이런 걸 들고 와. 말하면 내가 가지러 가는데…."

"아니, 어제 못 줘서."

"온다고 미리 연락이라도 하시지."

당신 몸이 불편하면서도 엄마는 언제나 자식 걱정뿐이셨다.

꽃들이 한창 피어났던 4월의 끝 무렵이었다.

아직 밤기운이 서늘했는데도 엄마는 땀을 잔뜩 흘리고 계셨다.

그런 엄마에게 왠지 모를 어색함이 깃들여 있었다.

"엄마, 무슨 일 있어?"

"응, 그냥…"

집에 들어와서도 엄마는 한참을 머뭇거리더니

어색하게 말씀을 꺼내신다.

"있잖아, 지난번에 일하던 기사 말이야, 품행이 별로 안 좋아서

내보냈는데 말이야…"

우리 부모님은 건설업을 하신다.

'기사'라는 걸 보면, 아마 일에 관계된 문제인 것 같다.

엄마는 그렇게 말을 꺼내고도 또 뜸을 들이셨다.

"뭔데 그렇게 뜸을 들여?"

"으응….요 며칠 전에 비가 심하게 왔잖아. 그런데 그 비 오던 날,

그 기사가 복수한다고, 현장에 있던 포클레인 엔진에 모래를

잔뜩 넣어놨지 뭐냐."

"정말? 너무 하네."

"그런데 말이야, 지금 현장을 그 장비로 돌려야 되는데…

엔진을 교체하려면 돈이 엄청나게 들어가.

여기지기 수소문해보는데 그게 쉽지가 않네.
혹시 니가 좀 빌려줄 수 있겠니?"

엄마는
자신이 낳아주고 젖 먹이고 똥 기저귀 빨아 주고
있는 것 없는 것 다 내어주며 키워준 딸에게
돈을 빌려 달라신다. '빌려' 달라니.

나 역시 있는 것 없는 것 다 드려도 시원찮을 판인데,
엄마는 자식에게 그 말을 하기 힘들어
어제는 말도 못 꺼내고
하루 종일 가슴앓이를 하다 결국 이렇게 오신 모양이다.
"뭘 그런 걸 가지고 그렇게 뜸을 들여.
내가 남이야? 엄마 딸이야!"
"그래도 좀 큰돈인데…"
"얼만데요?"
또 한참을 뜸들이다 엄마는 '이천만 원' 이라고 하신다.
이 말을 하기가 얼마나 어려우셨을까.
얼마나 어려우면 저리도 풀이 죽으셨을까.

다행히 나에겐 그동안 모아 두었던 돈이 있었다.
더 쌓고 쌓아 아주 큰 목돈으로 만들어
엄마 아빠 호강시켜드릴 돈이었다.
어차피 처음부터 내 것이 아니었던 돈이다.
내가 마련할 수 있는 돈이라 기뻤다.

그래서 아주 자신 있게 말했다.

"걱정하지 마 엄마. 내가 바로 넣어 드릴게요.

나, 엄마 딸이잖아. 내 거는 다 엄마 거야!"

엄마는 내 손을 잡고 연신 '고맙다, 고맙다' 하다 가셨다.

그러지 말라고 해도 계속.

엄마가 가시고 난 뒤

엄마가 앉아 있던 자리를 오랫동안 바라봤다.

가슴 한구석이 거뭇해졌다.

❀ 내 마음의 검은 홀

엄마가 병원에 검진을 받으러 간 날은
공교롭게도 5월 5일 어린이 날이었다.
2003년 5월 5일.
내게 절대 지워지지 않는 날짜가 되었다.

어렵게 소개받은 서울대병원 선생님은
정식 예약으로는 빠른 시일 내에 날을 잡을 수 없다며
휴일인 그날 진료를 해주셨다.
참 고마우신 분이다.
먼저 차례를 기다리고 계셨을 분들께는 정말 죄송했지만,
그때 내게는 우리 엄마보다 더 중요한 것은 없었다.

검사를 받으러 가는 길,
엄마는 차가 덜컹거리기만 해도 고통스러워 했다.
불길함이 내내 스쳤지만 나는 애써 외면했다.

우리 엄마잖아.
우리 엄마는 늘 강한 분이셨잖아.

의사선생님과 인사를 나눈 후 바로 초음파 검사를 했다.
그런 다음 피를 뽑으며 선생님이 증상을 물어보셨다.
하나 둘 얘기하는 엄마의 말을 들으며 나는 너무나 놀랐다.
예약 날짜 잡았다며 병원에 가자고 내가 그렇게 조를 때에도
계속 괜찮다며 싫다고 하셨는데,
엄마 입에서 쏟아지는 증상들은 듣기에도 고통스러울 정도였다.

'이렇게 아팠으면서 그동안 어떻게 참으셨을까…'

피를 뽑은 후 의사선생님께서 나를 잠깐 보자 하셨다.
가슴은 조여들었지만 나는 침착하게 선생님 앞에 섰다.
검사가 진행되고 있는 응급실 밖을 나서자마자
선생님이 어렵게 말을 꺼내신다.
"저, 규리씨. 1차 검사는 했는데요.
아까 초음파에서 뭐가 이상한 게 보이네요.
물론 정밀검사는 해봐야 하겠지만…."
자꾸 뜸 들이는 선생님을 나는 재촉한다.
"그런데요, 그런데요 선생님?"
"음… 정밀 검사는 해봐야 하겠지만
아무래도 암이신 것 같아요."
"…"
"정밀 검사를 받아봐야 자세히 알 수 있습니다."
"암일 가능성이 어느 정도 되나요?"
"95퍼센트입니다."
"아직 정밀 검사도 안 받았는데… 95퍼센트요?

그럼 암이 아닐 가능성도 5퍼센트는 있는 거네요?"
선생님은 또 잠시 머뭇거리다 말씀하신다.
"물론 그렇지만, 제가 보기엔 말기이신 것 같습니다."

의학이 발전한 건지 선생님이 유능하신 건지
엄마의 상태가 심각했던 건지.
내 머리는 그대로 얼어붙어 버렸다.
'이거 혹시 몰래카메라가 아닌가?' 하는 착각마저 들었다.
그렇게 비현실적이었다.
이런 일이, 이런 일이 벌어지다니.

그래도 냉정해져야 한다.
'냉정해지자. 확실한건 아직 모르는 거야. 정신 차리자, 규리야.'

선생님께 잘 부탁드린다고 몇 번이나
인사를 드리고 입원 수속을 했다.
그런 뒤 잠시 생각을 했다.
'가족들에게 알려야 하나?'
아니다.
'아직 5퍼센트가 있잖아.
만약 그 5퍼센트에 해당되지 못한다 해도, 지금은 아니야.
아직은 말할 때가 아니야.
우선은 결과가 나올 때까지 만반의 준비를 하자.
말부터 꺼내놓으면, 가족 모두가 충격에 빠질 테니까.
혼자 준비를 하자.

정신 차리고 현실을 똑바로 바라보자.
그리고 어느 정도 준비가 되면 그 때 알리자.
지금은 아니야. 지금은 아니야.'

나는 그렇게 결심을 하고 엄마가 계신 곳으로 갔다.
간이침대에 누워 계시던 엄마가 내게 물으신다.
"선생님이 뭐래?"
나는 감정을 애써 감추고 아주 해맑은 웃음으로 말했다.
"어, 별거 아니래. 더 자세히 검사를 해야 알 수 있다네."
나는 천생 연기자였다.
타고난 연기자.
아무것도 모르는 양 천진한 표정으로 엄마에게 거짓말을 했다.

엄마 옆에 조용히 앉았다.
둘 다 별 말이 없었다.
나는 주위를 둘러보았다.
하나같이 아픈 환자들이었다.
겉으로 보기에도 아주 심각하게 아파보이는 환자들이었다.
다시 고개를 돌려 엄마를 바라본다.
우리 엄마는 멀쩡했다. 그들에 비하면 아주 멀쩡해보였다.
'우리 엄마는…건강하신데…'
고개가 떨궈졌다. 눈물이 쏟아질 것 같지만 나는 연기자다.
눈물쯤이야 다시 삼킬 수 있는 연기자.
강해져야 한다. 강해져야만 한다. 정신 좀 차리자, 제발!

그러고 있는 사이 다른 의사가 또 피를 뽑으러 왔다.
정밀검사용이라고 했다.
얼핏 보기에도 아주 어려 보였다.
예전에 메디컬드라마를 했던지라,
내 눈에도 대충 보이는 것들이 있다.
여기가 응급실이니까, 인턴? 혹은 레지던트 1년차?
그가 혈관을 잡아 바늘을 꽂는다.
그리고 다시 뺐다 또다시 꽂는다.
또다시 뺐다 또 꽂으려 하는데 그만 혈관이 터졌다.
하는 수 없이 자리를 옮겨 손등에다 다시 꽂는다.
혈관이 또 터졌다.
정말 몇 번을 그랬는지 모른다.
그 모습을 옆에서 지켜보다 몸이 부르르 떨렸다.
고개를 들어 의사를 째려봤다.
"저기요!"
"아… 죄송합니다. 정밀검사에 들어가는 거라
주사바늘이 좀 굵어요.
죄송합니다. 죄송합니다."
이미 인턴도 당황한 상태라 손을 부들부들 떨며
식은땀을 주르륵 쏟고 있었다.
가만히 그를 보고 있자니 그 모습이 또 안쓰러워진다.
인턴은 마음을 가다듬고 다른 쪽 팔에다 다시 시도를 한다.
세 번, 네 번 꽂고, 또 혈관이 터지고,
다섯 번, 여섯 번, 또 터지고.
심지어 피가 위로 솟기까지 한다.

'정말 가지가지 하네.
실습을 우리 엄마한테 하다니!'
속으로 주절거리며
흐르는 피를 주섬주섬 닦았다.
엄마 팔에서 몽글몽글하게 떨어지는 피.
그런데 그걸 바라보는 순간 내 눈에서도 눈물이 터져 나왔다.
내내 참았던 눈물이 봇물 터지듯 쏟아졌다.
'이러면 안 돼, 이러면 안 돼.'
억지로 참으려다 보니,
어느새 내가 '꺽꺽!' 거리며 흐느끼고 있었다.
'겨우 참고 있는데, 왜 일을 이 지경으로 만들어 놓는 거야!'
원망이 들어 의사를 막 째려보려는 찰라,
엄마와 눈이 마주쳤다.
엄마는 웃고 계셨다.
재미있다는 듯, 귀엽다는 듯 나를 보며
웃고 계셨다.
아프실 텐데도 웃으셨다. 아주 환하게.
나도 엄마를 보며
하는 수 없이 같이 웃는다.
닭똥 같은 눈물을 흘리며 되는 대로 웃어버렸다.

이날부터였다.
내 가슴에는
블랙홀마냥 검은 홀이 생기기 시작했다.

❀ 강인한 존재

엄마를 입원실에 홀로 남겨놓고
집으로 돌아왔다.
가족들에게는 정밀검사를 받아봐야 한다고만 얘기하고,
간호 좀 부탁한다는 말만 남기고서 나왔다.

언니들과 아빠가 번갈아가며 병실을 지켰다
나는 집에 도착하자마자 인터넷을 켜고 확인해보았다.

· · ·
담도암
담도암 증상들이 너무나 익숙하다.
아까 선생님이 증상을 물을 때, 엄마가 대답하셨던 말들.
똑같다, 모조리 똑같다.
아까 엄마가 말한 그대로가 여기에 적혀 있다.

이 지경이 될 때까지,
그렇게 아프면서도 여태 참고 있었다니.

우리 엄마는
'소' 였다.

가족을 위해서 소처럼 일만 하고
남편과 자식 입히고 먹이는 데만 신경 썼지
자신이 입는 것, 먹는 것 따위는 안중에도 없으셨다.
자식들 아프면 바로 병원에 데리고 갔지만,
자신이 아프면 참고 참다가 이젠 정말
안 되겠다 싶을 때나 한 번 갈까.
영수증이 잔뜩 들어있는 엄마의 지갑은 늘 배불뚝이에다
가짜 가죽은 해질 대로 해져 있었다.
구두 역시 굽을 수십 번 갈아서 구멍이 날 때까지 신으셨다.

괜히 아빠한테 투정 부려본다.
"왜 종합검진 한 번 안 받았어!"
영문도 모르는 아빠는
갑자기 내가 부린 투정에 당황하셨는지 더듬더듬 말씀하신다.
요즈음 자꾸 이상해서 종합검진 두 번, 간 검사 한 번,
총 세 번이나 검사를 받았다고.
그랬구나. 병원을 안 가셨던 게 아니었구나.
그런데 그 몇 차례 검진을 하는 동안
이상이 발견되지 않았던 거다.
그 병원에서는 다 '아무 이상 없다.'고 했단다.
그랬단다.

아….
정말 너무나 억울해서 병원을 상대로 고소라도 하고 싶었다.
그때 발견하기만 했더라면…

천 번이고 만 번이고 고소해서 벌을 받게 해야
마음이 풀릴 것만 같았다.
그런데 아는 의사오빠가 그런다.
대형병원을 상대로 개인이 부딪쳐봐야 깨져나갈 뿐이라고.
그게 대기업의 힘이라고.
돈도 많이 들고, 마음은 더 상한다고.
내가 할 수 있는 일이라고는
방문을 걸어 잠그고 소리 안 나게 이를 악 물고
펑펑 우는 일 뿐이었다.
'그래. 나는 힘이 없다. 돈도 얼마 없다.
앞으로 어떤 일이 벌어질지 모르는데,
엄마한테 집중하기에도 여력이 없는데,
왠지 그렇게 될 것 같은데,
찍소리 한 번 못 하는구나.
힘이 없으면 결국 이렇게 당해야 하는구나.
이런 게 현실이구나. 이런 게 현실이었구나.'

너무 속상하고 너무 비참했다.
나는
너무도 약한 존재였다.
엄마를 살릴 수 있는 아무 힘도 없는.
정리할 것들이 너무도 많았다.
우선 병원비가 얼마 필요할지 모르니
적금들을 모조리 해약했다.
집세를 빼면 얼마가 나올지 계산하고,

받아야 할 출연료들은 나답지 않게 재촉했다.
병에 대해서, 환자 간호에 대해서도 상세하게 알아봤다.

그리곤 엄마에게 보여드릴 작품을 바로 결정했다.
어쩌면 마지막이 될 작품이었다.
사실 MBC드라마 「현정아 사랑해」가 끝나고 난 뒤,
나는 그만큼 좋은 작품을 하고 싶어
여러 제의를 뿌리친 채 기다리고 있었다.
작품 제의가 많았지만 확신이 설 때까지,
내 마음에 꼭 들 때까지 고사하면서
계속 고집을 부리고 있었다.
그런데 이제 가릴 때가 아니었다.
영화는 제작기간이 길어 언제 개봉될지 모르니,
빨리 보여드릴 수 있는 드라마에 출연하자.
때마침 제의가 들어왔던 고마운 작품이 바로
「선녀와 사기꾼」이었다.
일사천리로 모든 것이 진행되었다.

촬영을 준비할 때쯤
검사 결과가 나왔다.

5퍼센트의 희망은 내 몫이 아니었다.
이제, 정말 준비를 해야만 한다.
나는 언니들과 막내 동생을 조용히 불러 모든 이야기를 했다.
우린 서로 끌어안고 펑펑 울었다.

가슴이 미어터졌다.

그러는 와중에 병원에선
더 이상 해드릴 것이 없으니 그만 퇴원하라고 했다.
차마 아버지께는 말씀 못 드리고 언니들과 일을 나눠서
진행하기로 약속했다.
결국 일주일 반 만에 집으로 오신 어머니.
베개를 서너 개씩 겹쳐 예전보다 더 힘들게 주무셨다.
"소화약 먹으면 다 낫는다더라. 별일 아니야."

참, 엄마는…
그래,
역시 우리 엄마였다.

우리가 걱정할까 봐
별일 아닌 듯 대수롭지 않게…
나약한 나와 달리
엄마는 늘 내게 강인한 존재였다.

✽ 엄마, 안녕

"엄마, 이걸로 집 사세요!"
나는 엄마한테 통장을 넘겼다.

그동안 엄마 아빠 호강시켜 드리려고 열심히 돈 모았는데
이렇게 쓰는구나.
내 재정 플랜은 아빠 차 사드리고 엄마 집 사드리고
내 집 갖고 내 차 갖는 거였다.
아빠 차는 사드렸는데 엄마 집은
'조금만 더 모으면, 조금만 더 모으면 되는데.'
하며 기다리던 참이었다.

하지만 이제 시간이 없었다.
하는 수 없이 있는 돈을 모조리 끌어 모아
엄마에게 드렸다.
갈라져 있는 두 집을 합치기에는 부족한 돈이지만
지금 여기보다는 나을 테니까.
이렇게라도 해야 했다.
오로지 엄마를 위해서.
엄마를 즐겁게 해 드리기 위해서 말이다.

오랫동안 우리 가족이 살던 집은
정원이 있는 이층 한옥이었다.
우리 집은 동네에서도 몇 안 되던 고가의 주택이었다.
그런데 아버지가 고혈압으로 몇 번 응급실 신세를 진 후
건강상의 이유로 어쩔 수 없이 모든 사업을
외삼촌에게 넘기셨다.
그렇게 몇 년을 살다보니 가지고 있는 돈도 바닥나
집을 옮기고, 옮기고 또 옮기게 되었던 것이다.
명절만 되면 사람들로 북적였던 우리 집은
점차 발길들이 끊겼고
늘 과일상자로 가득 찼던 베란다는 텅텅 빈 채
떨이 과일들이 담긴 검은 봉지들만 놓여 있었다.

내가 졸업을 하면서 이 일을 본격적으로 시작하던 때가
바로 가세가 기울기 시작할 무렵이었다.
돈도 돈이었지만
늘 호랑이 같던 아버지가
말없이 멍하게 홀로 앉아 있는 모습을 보노라면
나는 다시 한 번 이를 악물 수밖에 없었다.
내가 가장 참을 수 없었던 건
으리으리했던 우리 집 형편이 기울었다는 게 아니었다.
주변 사람들의 달라진 행동들이었다.
아빠도 엄마도, 정이 많아 늘 베풀던 분들이시다.
일 없는 사람들은 공장으로 데려와 기술을 가르치고
일자리를 마련해주고

우리 공장이 아니어도 여기저기 필요한 사람들을 연결시켜
주변에 밥 굶는 일은 절대 없게 하셨다.
워낙 힘들게 기술을 배워 자수성가하셨던 아버지는
배고픔이 얼마나 큰 고통인지 아셨기 때문이다.
엄마 아빠 곁에는 그래서 늘 사람들이 많았다.
그랬던 집안이었다.
그런데 사람들이 변하더라.
너무 심하게.
그것이 가슴 아팠다.
아빠는 건강 때문에 쉽게 나서지도 못하셨고
우린 너무 어려 자기 몸 하나 간수하기도 벅찼다.
예전으로 돌아가기엔 역부족인 상태에서
우리 식구는 그래도 이 악물며 살아왔다.

「선녀와 사기꾼」 드라마 촬영 도중
집을 계약했다는 얘기를 들었다.
이제 곧 드라마는 방영될 것이다.
엄마 조금만 기다리세요. 곧 방송도 보여드릴게요.
그런데 엄마가 이상하단다.
발의 붓기가 안 빠져서 근처 병원에 입원해야 한다는
전화가 왔다.
매일 밤샘 촬영 중이라 가까운 안양조차 내려가기 힘들었다.
언니들에게 받는 전화 내용은 점점 심각해졌고
급기야 엄마가 이상한 행동까지 한다는 연락을 받았다.
간상혼수 상태였다.

도저히 안 되어 잠깐 틈을 내서 엄마에게 갔다.
얼굴만 보고 올라올 수밖엔 없었지만
잠 잘 시간을 쪼개서라도 그렇게라도 엄마를 보고 싶었다.
엄마는 간성혼수가 시작된 것 같은데 아무래도
환자가 오르기엔 너무 높은 침대와
물도 잘 넘기기 힘든 분이
매 끼니마다 열 알이 넘는 약을 먹어야 했던 게
화근인 듯싶었다.

어떻게 지났는지 모르게 3개월은 훌쩍 지나갔고
마지막으로 보여드리고 싶었던 드라마였는데
결국 제대로 보지도 못하고 끝이 나버렸다.
마지막 촬영을 마치자 뒤늦게 죽음 같은 후회가 밀려왔다.
'차라리 이 시간에 엄마랑 더 함께 있을 걸…'
나는 곧바로 안양으로 내려갔다.
엄마는 잠도 제대로 못 이루고 고통스러워하셨다.
링거를 억지로 뜯는 바람에 피가 온 사방에 튀기도 하고,
도망가겠다며 갑자기 집을 나서려하기도 하고,
당신도 당신 몸과 마음을 제어할 수 없어 벌어지는
사건사고의 연속들이었다.

어렵게 수소문을 해 병실을 구해 다시 엄마를 병원에 모셨다.
그날, 엄마의 첫마디를 잊을 수 없다.
"너 이젠 고생 끝났다."

그 말을 끝으로 엄마는 혼수상태에 빠지셨다.
독한 약물치료를 이기지 못하신 것이다.

엄마한테 좀 더 일찍 사실을 말씀드렸다면 어땠을까.
자식인 내가 당신께 '삶을 마무리 지으시라.'고 해야 했을까?
그러면 엄마는 어떻게 마무리를 지으셨을까.
일찍 말씀드렸어도, 그렇지 않았어도 나는 여전히 죄인이다.

나는 어째서
우리 엄마는 거인이라고 생각했을까.
쓰러지는 모습을 단 한 번도 상상해보지 않았던 우리 엄마,
그 엄마가 쓰러지셨다.
엄마는 거인이 아니었다.
연약한 소녀 같은 여자였을 뿐이다.
엄마도 나처럼 늘 엄마가 필요한 여자였는데
우리는,
나는,
그 사실을 너무도 늦게 깨달아버렸다.

엄마는 우리에게 유언 하나 남기지 못하시고
2003년 8월 9일 하늘나라로 가셨다.
엄마는 그렇게 우리 곁은 떠났지만
내 마음 속엔 언제나 엄마가 함께 있다.

엄마 사랑해요.

❀ 무엇과도 바꿀 수 없는 넘버원

4년 전 아버지 고희연이 있었다.
아버지 환갑 때는 우리 형제들 주머니 사정도 넉넉하지 않아
잔치도 못 해드리고 그냥 생일 케이크 하나 놓고 끝냈다.
그게 아쉬워서 고희에는 뭔가 특별하게 준비하고 싶었다.
언니들과 상의 끝에 이번만큼은 가족사진도 찍고
친척들과 친구들도 모두 초대하기로 했다.

가족사진을 찍던 날.
아버지는 무척 쑥스러워 하셨지만 참 멋지셨다.
언니들과 나는 같은 색의 옷을 맞춰 입었으며
막내까지 멋지게 차려입고 모두가 즐겁게 촬영했다.
온 가족,
엄마를 뺀 우리 가족.
속상하게도 우린 엄마와 찍은 가족사진이 없다.
너무 갑자기 병세가 악화되어 챙길 여유도 없었지만,
그것이 마지막이라는 걸 인정하는 듯해서
차마 찍자는 말도
못했던 것이다.

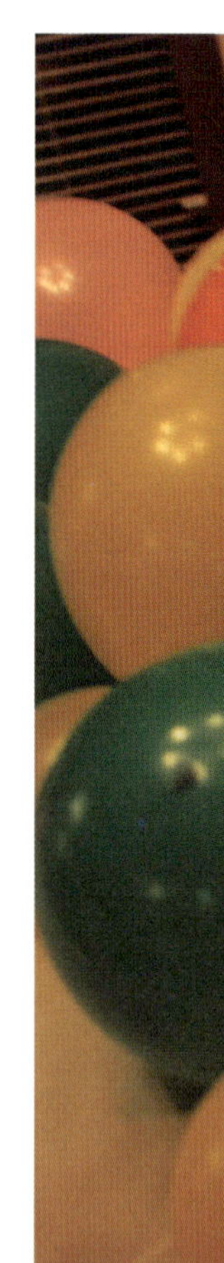

고희연이 있던 날, 눈이 무척이나 많이 내렸다.

길거리의 차들은 거북이보다 느릿느릿 움직였다.

우리 모두 큰일 났다며 걱정하고 있을 때

큰언니가 한마디 했다.

"원래 이런 날에 오는 눈은 좋은 징조야.

아버지가 복 받으시는 거라고.

엄마가 하늘에서 축하해주시는 모양이네."

그 말을 듣고 우리는 모두 기분이 짠해졌다

정말 언니 말처럼 엄마가 오셨는지

새하얀 눈이 끝없이 수북이 내렸다.

덕분에 손님들은 차를 갖고 오다가 근처에 그냥 세워두고

지하철을 타고 오시기도 했지만,

우려와는 달리,

고희연은 예정된 시각에 바로 진행할 수 있었다.

진행은 고맙게도 지석진 선배가 해주셨고

많은 동료들도 그 바쁜 와중에 참석해주었다.

진주에서 오후 공연 후 눈길을 뚫고 와준

윤도현 오빠도 감동이었다.

오빠의 멋진 공연 덕분에 잔치는 미니 콘서트장이 되었지 뭔가.

잔치가 끝난 뒤 우리 식구들은 서로 부둥켜안고 펑펑 울었다.

이날을 준비하면서도 차마 입 밖으로 꺼내지 못했던

엄마 생각, 그리고 집안이 어려워지는 만큼

멀어져만 갔던 주변 사람들.

지난 모든 회한들이 한꺼번에 쏟아졌던 것이다.

아버지는 여전히 내색 안 하셨지만
얼마나 많은 생각이 오가셨을까.
그래도 행복하셨을 것이다.

우린 그날 참 많은 것을 느끼고 경험하고 깨달았다.
형제가 많은 것이 이래서 좋구나.
우리가 형제여서 참 고맙구나.
힘든 일도 즐거운 일도 함께하고,
서로 채워주고 힘이 돼주는 가족이라는 이름.
이 많은 생각 끝엔 언제나 엄마와 아버지가 계신다.
당신들께서는 우리가 보물이라 하셨지만
우리가 살아가는 이유는 당신들 때문이었다.
두 분이 만나 가정을 이루시고
그 사랑 안에서 우리가 태어났고 형제가 되었고
이젠 의지할 수 있는 서로의 쉼터가 되었다.
감사드리고 감사드린다.
내 가족.
아빠, 엄마, 그리고 세 명의 언니들과 내 동생,
동거묘 모야, 캐쉬까지도.
너무나도 고맙고 사랑한다.
무엇과도 바꿀 수 없는 넘버원,
그것은 바로 나의 가족이다.

❀ 아버지 마음

잠을 놓치고 TV채널을 이리저리 돌리던 새벽녘,
「남자의 자격」 재방송을 보게 되었다.
처음엔 '어서 잠이나 청하지, 보긴 뭘 봐' 싶었는데
'남자의 눈물' 이라는 주제가 나를 끌어당겼다.
그리고
중반을 넘어갈수록 마음이 출렁거렸다.
진심이 느껴졌기 때문이다.

마음은 서로 통한다.
남자의 눈물은 뼛속이 아릴 정도로 아프다.
게다가
그날 TV속 '남자' 들이 눈물 흘리도록 만든 것은
부모와 자식의 관계.
부모와 자식은 그 관계만으로도 너무 감사하고,
너무 아플 때가 많다.

그날 새벽 정말 펑펑 울었다.
눈물을 훔치며 나는 또다시 후회한다.
생각해보니 부모님께 편지 한 번 못 써봤다.
'같은 지붕 아래 사는데 무슨 편지야, 닭살!'
이런 생각 때문에 해보지 않았던 일이다.
그러고 보니
돌아가신 우리 엄마 글씨체는 이제 가물가물하네.
만약 엄마 손 글씨가 담긴 편지라도 한 장 남아 있다면….
눈물이 멈추질 않는다.
그저 아쉽다.
'내가 먼저 표현할걸.'
피눈물 나게 아쉽다.

효도란 게 뭘까?

어제 거리를 지나다 세일하는 옷가게에 잠시 들러
아버지 여름 티셔츠 몇 장을 샀다.
들뜬 마음으로 집에 돌아와 그 셔츠들을 보며
잠시 생각해본다.
이런 게 효도인가?

물론 그럴 수도 있다.
마음을 표현하는 한 방법이니까.
그런데 그것보다는
아버지가 전화하시기 전에 내가 먼저 안부전화 드리고
여유 있을 때마다 함께 시간 보내는 것이
아버지가 정말 원하는 것이 아닐까?
그게 진짜 효도가 아닐까 싶다.
이런!
연초 계획에도 넣었던 것인데 그새 또 잊어버렸다.
매번 생각만 하고, 금세 또 잊어버리고.
정말 죄송하다.
나쁘다, 난.

몸에 익숙할 때까지 매일매일 표현해야 할까?
아버지가 지겨워하실 때까지?
곁에 오래 계셔달라고 오늘은 좀 투정부려야 겠다.
지금 당장, 전화 한 번 해봐야지.
부끄럽지만
뜬금없이 얘기해야지.
감사하다고, 사랑한다고.
아버지는 틀림없이 얼굴을 붉히며 당황하실 거다.
나도.

그래도, 그래도 해야지.
표현은 못 하셔도 마음 깊이 즐거워하실 테니까.

아버지,
당신은 내게 피와 살을 주셨고
사랑과 지혜를 알려 주셨습니다.
제가 비록 당신께 젊음을 돌려드릴 순 없지만
늘어가는 주름만큼이나 행복한 일 만들어 드릴게요.
당신의 웃음이 제겐 희망입니다.

사랑해요.
그리고 감사합니다.

❀ 행복을 담은 편지

전윤수 감독님께

감독님께서 들어보라고 주신 이루마의 연주를 듣고 있어요.
음악에서 가을 냄새가 나요.
가을의 그 알록달록한 풀냄새.
내일 있을 봉사활동 때문에 일찍 잘려고 했는데
이 음악이 저를 놓아주지 않네요.

오늘은 아버지께서 김치를 가져다주셨어요.
텃밭에서 배추와 열무를 키우셨나 봐요.
처음 텃밭 일구실 땐 어떻게 하는 줄 몰라 미나리 씨를
왕창 왕창 뿌리셨대요.
너무 많은 미나리가 나는 바람에,
잘라 먹으면 또 나고 자르면 또 나고 해서
그때는 무척 당황해하시더니
이젠 제법 능숙해졌다고 막 자랑이세요.
참 귀여우세요, 우리 아버지.

동네 아주머니들과 품앗이로,

아버지는 직접 기른 배추와 열무를 드리고
그분들은 그걸로 김장 담가주셨다네요.
올해는 저도 이 김치로 한 시절 때우겠네요.
밤새우며 아침까지 글 쓰느라 낮에는 쭉 뻗어 있었는데
그 사이 아버지가 다녀가셨어요.
뵙지도 못하고 김장 통부터 봤는데 어찌나 눈물이 나던지요.
김치 통을 열어 익지도 않은 김장김치를 먹으며
이번에는 엄마 생각에 또다시 눈시울이 붉어졌어요.

집안 곳곳에 묻어 있는 엄마의 흔적들.
나도 언젠가 가정이 생기면 내 아이들 기억에 오랫동안 남겠죠?
그렇게 남았으면 좋겠어요.
내가 우리 엄마 생각하듯
내 아이들에게도 이런 마음이 깃들면 좋을 텐데요.

깊어가는 가을이 사랑하는 우리 엄마 아빠와 함께
이렇게 익어가요.

감독님 저 오늘 너무 행복해요. 눈물 나게 행복해요.

「미인도」 전윤수 감독님께 드리는 편지의 일부

*감독님께서 이루마의 곡을 들어보라며 주신 적이 있다.
그 선물에 대한 답장이다.

❀ 용기 낼 수 있기를

어눌한 한마디를 건네도 돌아오는 말이 유쾌할 때
자꾸 그 사람과 대화하고 싶고 생각이 날 때
나를 환기시켜주고 위로와 의지가 되어줄 때
나의 하루를 조용히 지켜봐주고 응원해줄 때
그 사람의 향기가 그가 없는 자리에서도 내 주위에 머물 때
그 사람의 모습 속에서 자꾸 내 모습을 찾으려 하고
그 사람과 비슷해지려는 나를 발견하게 될 때
함께 있고 싶고 그 사람 생각만으로도 미소가 지어질 때
아마 나는 사랑이라는 걸 다시 시작할 수 있을 것이다.

말도 안 되는 행동을 하더라도 웃음으로 용서가 될 것 같은 사람

나의 부족함을 사랑으로 채워주는 사람

아무 말 하지 않아도 소통이 되는 사람

날 보는 눈빛 속에 따뜻함이 있는 사람

그냥 잘 해주고 싶고 내가 뭘 해도 받아줄 것 같은 사람

내가 그렇게 용기낼 수 있는 사람이 꼭 나타났으면 좋겠다.

내가 용기내기 전, 그 사람이 더 큰 용기를 냈으면 좋겠다.

나에게,

그런 사람이 꼭 있었으면.

그 시간이 곧 다가왔으면.

✽ 사진은 말해준다

사진에는 찍는 사람의 정서가 묻어난다.

당신이 지금 어떤 세상을 보고 있는지,
어떤 마음으로 바라보고 있는지,
어떤 자세로 세상 위에 서 있는지,
사진이 말해준다.

사진을 보면 사람이 보인다.

❀ 마음 안에 담아보는 세상

한 장에 담을 수 있다는 건 정말 멋진 일이야.
고마워, 멋진 세상을 보여줘서.
고마워, 멋진 세상을 담을 수 있게 해줘서.
고마워, 이렇게 느낄 수 있게 해줘서.

이 모든 걸
이 두 눈 안에 가슴 안에 마음 안에 담을 수 있어서
참으로 다행이야.

오늘도 한 가지 슬픈 일이 있었다.
오늘도 한 가지 기쁜 일이 있었다.
웃었다가, 울었다가, 희망했다가
포기했다가, 미워했다가, 사랑했다가
그리고 이런 하나하나의 일들을 부드럽게 감싸주는
헤아릴 수 없이 많은 평범한 일이 있었다.

호시노토미히로, 『매일초』 중에서

❀ 소나무 같은 사람

멋진 소나무를 만나면
그 옆에서 온종일 시간도 보낼 수 있다.
나에게 소나무는 사람과도 같다.
그 사람이 멋지면 모든 걸 이해하고 닮고 배우고 싶어지는.

멋진 소나무와 함께라면
하루 종일 아무것도 하지 않아도 전혀 심심하지 않다.
아무것도 하지 않는 것이 아니라
가만히 앉아 종일 구석구석 마음에 각인시키고
뜯어보고 조립하고 대화하느라 실은 참 바쁘다.
그래서 시간이 빠르게 지나간다.

그런 소나무 같은
멋진 사람 어디 없을까?

아니, 내가 그런 소나무가 되어야 했던 것일까?

오늘 하루
잘 견디기를

말라리아 약

아프리카로 떠나기 위해 어제부터 말라리아 약을 먹었다.
처음 먹어보는 말라리아 약.
의사선생님 말에 따르면
구토와 발열, 감기 증세, 메스꺼움이나 두통이 있을 수 있단다.
워낙 건강하기 때문에 한 귀로 흘려보냈는데
약을 먹은 뒤 30분이 지나니 좀 이상해지기 시작했다.
혈압이 떨어지는 것 같더니만 이내 얼굴이 창백해졌다.
그러더니 깨질 듯한 두통이 이어지고,
두통으로 인해 어깨, 목, 심지어 등까지 결리고 아픈 게 아닌가.
선생님 말씀처럼 조금 있으면 괜찮아질까 싶어 꾹 참았는데
웬걸! 눈물까지 난다.
도저히 안 되겠다 싶어 타이레놀을 꺼내 먹었다.
약은 별로 안 좋아하는데, 이번에는 어쩔 수가 없다.

어제는 이렇게 내 몸 하나 간수하느라 정신을 못 차렸다.
요란하다.
말라리아 약 하나 먹으며 그 난리였다니 부끄럽다.
누군가에게 그 약은
삶과 죽음 사이에서 너무도 간절할 수 있는 한 알일지 모른다.
내가 위험에 노출된다는 것은
그곳 사람들은 그만큼 위험 속에 산다는 의미다.
나는 잠시 그곳에 다녀오는 것이지만
거기가 생활터전인 사람들도 있다.

아, 부끄러움의 시작이구나.
나는 그렇게 부룬디에 한 발 다가서고 있었다.

부룬디로 가는 길

나는 아프리카의 부룬디로 향하고 있다.

부룬디에 가기 위해서는 비행기를 세 번 갈아타야 했다.

세 번째, 그러니까 마지막 비행기에 탑승했을 때였다.

어? 내 자리에 누가 앉아 있다.

좌석 표를 다시 봤는데 아무리 봐도 내 자리였다.

"저어, 여기는 제 자리인데요."

정중하게 얘기했다.

덩치가 큰 흑인 아저씨라 사실 좀 무섭기도 했다.

그래서 더더욱 정중히.

그랬더니 그가 뭐라고 한다.

엥? 무슨 소리지?

이 아저씨가 말을 하긴 했는데

입을 안 벌리고 우물우물 개미만한 소리로 말한다.

나는 다시 한 번 말한다, 여긴 내 자리라고.

또다시 대답이 돌아온다.

눈도 안 마주치고 미안한 기색도 전혀 없으며

자리를 내어줄 기미도 전혀 안 보였다.

하는 수 없이 승무원을 불렀다.

승무원도 그와 몇 마디 얘기를 하더니 어깨만 까딱하며
그냥 가버린다.
어쩔 수 없이 그 옆쪽의 빈자리에 앉았다.

기분이 상했다.
내가 정당한 돈을 지불하고 받은 자리인데.
빈자리가 아예 없던 건 아니었으니까
자리 하나 옮기는 게 큰 일은 아니다.
하지만 그 사람이나 승무원의 행동이 마음에 안 든다.

내가 좀 이상해보였는지 우리 일행이 내 자리로 왔다.
상황을 설명하니 돌아오는 대답이 더 황당하다.
내 자리의 주인이 두 명이라는 거다.
좌석 표에 그렇게 나와 있다니.
아하하하.
그래, 여긴 그런 곳이다.
아직 질서와 조금 멀리 떨어져 있는 곳.
나도 불법주차, 무단복제,
보이스 피싱까지 성행하는 나라에서 왔잖아.
뭘 더 비난할 게 있다고.

부룬디는
내전이 끝난 지 얼마 되지 않아
아직도 혼란의 시기를 겪고 있는 나라다.
아프리카 국가 중에서도 가난하기로는
다섯 손가락 안에 꼽힌다는 나라.
어떤 곳일까?

가는 길이 그저 길게만 느껴진다.

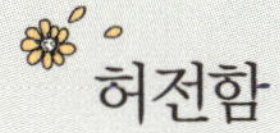

허전함

배고픔을 채우는 방법은 알지만
허전함을 채우는 방법은
아직도 모르나보다, 난.

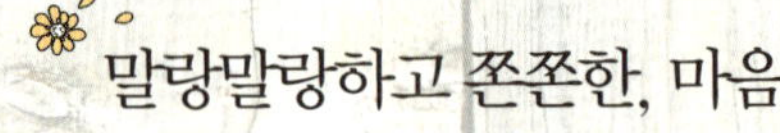

말랑말랑하고 쫀쫀한, 마음

나는 마음을 주는 사람이다.

나의 마음은 참으로 소중하다.
이 마음을 주기 위해서
나는 틈이 날 때마다
창가에 내 놓아 볕을 쬐게 하고
매일 물을 주며
매번 새 헝겊을 준비해 갈고 닦고
소중하게 달래고 또 아낀다.
어쩌면 그래서 더 연약한지도 모르겠다.
하지만
잘만 보관한다면
말랑말랑하고 쫀쫀한 이 마음은
누군가에겐
위로가 되고 약이 될 수 있음을
나는 잘 알고 있다.

때로는 나도
수세미질에도 긁히지 않는 단단한 마음을 바란다.
혹은
번잡한 거리 속, 사람들의 무표정처럼
무덤덤한 마음이 되기를 그토록 원하기도 했다.

하지만 여전히
손바닥 위 초콜릿처럼 툭하면 스르르 녹아버리는 내 마음은
그렇기 때문에 특효약이 되기도 한다.

나는 마음을 주는 사람이다.

나는 이 마음을 주기 위해
진심으로 정성을 다한다.
그러니
부디 이 거친 세상 외로워하지 말고
이 마음 받아주기를.
마음과 마음이 모이면
우린 더 단단해질 테니까.

긍정을 배우는 시간

우리의 목적지는 부룬디의 수도 부줌부라에서
차로 3시간 반 정도를 달려야 하는 곳이었다.
오는 내내 굽이굽이 산자락을 오르락내리락 했다.
그 힘들다는 강원도 대관령 고개길을 네 배 정도
뛰어넘는 수준에,
차 멀미 따위 모르고 살아온 내가 배를 움켜쥐게 만든
위력을 지닌 그런 곳이었다.
산간 지역인 이곳에는 비탈길에 온통 바나나 나무가 가득했다.
보기만 해도 질릴 정도로 이렇게 많은 바나나 나무를 보기는
난생 처음이다.

드디어 숙소에 도착했다
분명 호텔이라 했는데, 음…
내 방문을 닫자마자 문고리가 떨어졌다.
'방을 옮기면 되지 뭐!'
적응력도 빠르지.
내가 점점 유순해진다.
다 합쳐서 10개도 안 되는 방 중에 다른 방으로 옮기게 되었다.
이 방은 얼핏 보니 괜찮아 보인다.

침대도 있고 모기장도 있고, 화장실도 있다.
화장실 문이 없지만 어차피 혼자 쓸 거니 괜찮고.
그래 여기로 한다!
겨우 마음을 놓고 짐을 푸는데 가만 둘러보니 뭔가 허전하다.
뭐지?
한참을 두리번거리다 '앗!'
거울이 없다. 방에도 화장실에도.
이제 방을 또 옮길 기력도 없다.
'궁즉통!' 궁하면 통한다.
나는 맨 처음 배정받았던 문고리가 떨어진 그 방으로
몰래 들어가 거울을 떼어왔다.
호호호.

침대 옆에는 동네 슈퍼에 가면 있는
파라솔 같은 테이블이 하나 있다.
짐을 대충 정리한 후 볼 일을 보러 화장실에 들어섰다.
잠시 또 고민을 하게 만든다.
이건 어디 가서 떼어올 수도 없는 건데, 어쩌지?
양변기에 엉덩이 받이가 없다.

아, 그래도 다행이다.
언니가 곱게 꾸역꾸역 넣어준 휴지와 물티슈가 많았으니까.
'물로 깨끗이 닦고 그냥 쓰지 뭐!'
나, 어느새 이 경지에 도달했다.
피할 수 없으면 즐기는 수밖에.

수도꼭지를 틀었다. 물이 안 나온다.

하아…되는 게 없구나!

결국 변기 주위는 물티슈로만 닦고, 그 위에 휴지를 대고 앉는다.

어쩔 수 없다.

여긴 아프리카에서도 가장 가난한 부룬디잖아.

이제 대충 정리도 된 것 같으니 씻어 볼까?

거의 이틀 동안이나 길 위에 있었기 때문에 씻고 싶었다.

내일부터 봉사활동을 하려면

여독을 푸는 게 급선무이기도 했다.

그런데 물이 안 나와서 어쩐다?

이것만큼은 비상처방으로 해결할 수 있는 일이 아니다.

물러설 수 없었다.

그래서 밖으로 나가 보았다.

문을 열고 나가는 순간 웃음이 터졌다.

우리 촬영 팀도 모두 씩씩 거리며 복도에 나와 있는 게 아닌가.

모두가 사정이야 똑같고.

얘기를 들어보니 이곳은 전기도,

물도 중앙에서 공급해줘야 나온다는 것이다.

물도 방금 틀었으니 곧 나올 텐데,

찬물만 나오기 때문에 샤워를 하려면 지배인에게

요청해야 데워준다는 것이다.

사실 지배인이라고 할 것까지도 없었다.

겨우 두 사람이 호텔의 모든 일을 다 맡고 있었으니까.

그래서 지금 준비 중이란다.
역시 한국 사람들은 동작이 빠르고 날렵하다.

한참을 기다렸다.
누군가 문을 두드린다. 물이 왔나 보다.
여직원이 김이 나는 파란 양동이를 나에게 준다.
고맙다 말하고 화장실까지 들고 왔다.
그런데 또 뭔가 미심쩍은 이 기분.
뚜껑을 열어보니 물이 양동이의 3분의 1밖에 안 들어 있다.

아프리카라고 해서 다 더운 건 아니다.
사막지역이나, 내가 갔던 부룬디와 같은 산간지역은
날씨가 꽤 춥다.
부룬디는 곧 우기가 시작되었으므로
겨울이 벌써 온 것이다.
그러니 샤워할 때는 더운 물이 필요했다.
하지만 어림잡아 봐도 가져다 준 양으로는
턱없이 부족해보였다.

별 수 있나?
이미 시간을 많이 소비했기 때문에,
또 기다릴 수는 없다.
이걸로 어떻게든 해야 한다.
어쩔 수 없이 그 양동이에 찬물을 받았다.

가득 한 통이 나오긴 했는데 과연 내가 이 하나로
샤워를 잘할 수 있을까.
나는 지금 침대 안이다.
바지 두 개와 윗옷 두 개 그리고
패딩을 입고 거기에 이불을 둘둘 감싸고 있다.

역시 그 정도 물로는 부족했다.
내 긴 머리를 감고 나니 이미 더운 물이 바닥났다.
하는 수 없이 찬물로 샤워를 하게 됐는데
그렇게까지 찬물일 줄은 정말 꿈에도 상상 못했다.
그냥 얼음물이었다.
그래도 다행이다. 헤어 드라이기를 가져왔다. 내가!
웬일로 잘 챙겨왔네, 올레!

아… 긴 하루다.

샤워할 때는 전기도 나갔지만, 뭐 어때?
샤워를 할 수 있다는 것만도 어디야.
이곳, 아프리카 부룬디에서
나는 벌써 긍정을 배우고 있나 보다.
올레!

모든 건 생각하기 나름

아침에 눈을 뜨자마자 씻을 물을 받았다.
그리고 시계를 보니 새벽 6시 30분.
8시 20분까지 모이기로 되어 있어 50분 전에 일어나려고 했는데,
1시간이나 더 일찍 일어나버렸다.
해외에서는 시간 보는 게 좀 헷갈린다.
뭐 덕분에 좀 여유 있게 준비할 수 있으니 잘 됐지 뭐.

물을 얼마 받지도 못했는데 금세 물이 끊긴다.
역시.
혹시나 하며 어제 미리 받아 놓은 물이 있었는데,
그 위에는 벌레가 둥둥 떠 있다.
잠시 고민을 했지만
벌레만 살짝 건져내고 그 물로 얼굴도 씻고 이도 닦았다.
그래, 이 물도 이곳 사람들에게는 얼마나 소중한 건데!
모든 건 생각하기 나름.
나도 원효대사의 기분을 조금 알 것 같다.
아프리카에 온 지 하루 만에 도를 깨우치고 있나 보다.

데지레

아침으로 달걀 프라이와 파인애플, 커피와 빵이 나왔다.
곰팡이가 조금 피어있지만 그래도 기대 이상이다.

대충 아침을 먹고 출발을 한다.
데지레라는 아이를 만나러 가는 길이다.
이제 다섯 살 밖에 안 된 데지레는 혼자 산다.
엄마는 사고로 돌아가시고 아빠는 돈 벌러 멀리 일을 나가서
집에 거의 안 들어온다.
하지만 너무 어려 생활이 거의 불가능하기 때문에
옆집 아주머니가 돌봐주고 있다 한다.
그 아이를 빨리 만나고 싶다.

산길을 굽이굽이 올랐다.
한참을 오르니 드문드문 집들이 보인다.
대부분 지푸라기를 엮어 만든 집이다.
안내자 한 명이 저쪽에 보이는 곳이란다.
마음이 급해 발길을 서둘렀다.
저 앞에 아이가 보인다.
데지레인가 보다.

아…아닌가? 다섯 살이라기에는 너무 작은 몸집인데?

앞에는 세 살도 안 되어 보이는 작은 아이가 서 있었다.

집 앞엔 널찍한 구덩이가 있었는데

그곳엔 쓰레기가 넘치고 있었다.

그 바로 앞바닥에 털썩 주저앉아 있는 아이.

윗옷만 입고 있는 이 녀석은 무척이나 경계가 심하다.

조금만 가까이 가도 마구 울어대는 바람에

옆에 앉아 있기조차 민망했다.

하는 수없이 근처에 앉아 있는데 뭔가 이상했다.

아이 몸에 이상한 것들이 자꾸 오르고 내렸다.

뭐지? 하고 유심히 봤더니 누군가 설명해준다.

모래벼룩이라고.

이곳 부룬디는 위생상태가 워낙 좋지 않아서

모래에 벼룩이 사는데

가장 약한 손톱과 발톱에 파고들어 기생을 한단다.

그 안에서 피도 먹고 살도 먹고 알도 낳으면

그 알이 부화해서 번식도 하며 산다고 한다. 끔찍하다.

그런데 신발 살 돈이 없어 거의 모든 사람이

맨발로 생활하다 보니 이런 모습을 흔히 볼 수 있다고 한다.

아이는 너무 작았고, 너무 말랐다.

피부병 때문에 그 작은 몸 전체가 얼룩덜룩했다.

모래벼룩에 이까지 있었고 다리도 불편했다.

그런 아이가 엄마도 없고 아빠 얼굴도 보기 힘든 채 살고 있다.

더욱 심각했던 것은 아이의 심리 상태다.

아니다. 그보다는 오늘도 어제도 그제도 한 끼를 제대로
못 먹었다고 할 정도로 영양공급이 안 되고 있다는 게
더 큰 문제였다.
무엇에 더 경중을 따져야 하는가. 그야말로 총체적 난국이다.
뭐 하나 제대로 갖춘 것 없이 모조리 안 좋은 것들로만 가득했다.

이야기를 들어보니 옆집 아주머니가 돌봐주고 있다고는 하지만,
그 집도 먹을 게 없어 데지레를 잘 챙겨줄 수 없다고 한다.

그나마 먹다 남으면 그거나 조금 준다는데,
그게 얼마나 될 것인가.

눈물이 흘렀다.
어떻게 이런 일이 있을 수가 있는 거지?
집 바로 앞에 바나나 나무가 있었다.
"이거 먹으면 안 되나요?"
안 된단다.

이 바나나 나무는 주인이 따로 있어서 먹으면 안 된다고 한다.
길가에 널려 있는 것이 바나나 나무지만,
나무마다 주인이 있다고 했다.
데지레는 돈 벌러 나가 언제 돌아올지 모르는
아빠만을 날마다 기다리며
바닥에 흙을 쥐어서 그 옆에 가져다 놓고
다시 그걸 한 움큼 쥐어서 또다시 그 옆으로 놓고…
그렇게 되풀이하다가 너무 배가 고프면 입에 넣기도 했다.

아이를 건드리지 말라는 주의를 받았음에도
나는 아이를 화악 들어 안아버렸다.
너무 가엽고 안타까워서 나도 모르게 아이를 안았다.
고래고래 울고 있는 아이를.
그런데 아이가 갑자기 조용해졌다.
죽을 것 같이 울던 아이가 내 품에 안기자
갑자기 울음을 멈추었다.

모두가 놀랐다.
데지레가 더 이상 울지 않는다.
심지어 아이의 손이 내 가슴 위에 얹어져 있다.
그렇다.
데지레는 엄마가 그리웠던 것이다.

다섯 살 아이의 고달픈 삶.
배고프고 외로우며 아프고 힘이 들 때마다
아이는 엄마를 더욱 그리워했을 것이다.

모두가 울었다
촬영 팀 모두가 너무 가슴이 아파 울었다.
이대로 아이 혼자 두고 갈 수가 없어
우리는 이 아이를 병원에 입원시키기로 했다.
그런데 문제가 생겼다.
보호자가 있어야 입원할 수 있다는 거다.
아이의 보호자는 소식도 알 수 없는 아버지뿐이라,
하는 수없이 옆집 아주머니에게 부탁을 했지만,
자기 아이들 때문에 갈 수 없다고 한다.
그래도 방법을 찾아야 한다.

월드비전 담당자분이 지갑을 열었다.
아주머니를 데려갈 수 있는 방법은 이것뿐이니깐.
오랜 실랑이 끝에 우리는 아이를 겨우 데리고
병원으로 향했다.

사람 때문에 고된 하루

이것을 병원이라고 해야 하나?
아픈 사람이 많고, 의료장비 비슷한 것들이 보이니
병원은 병원인가 보다.
우리나라 동네의 작은 병원보다 못한 장비와 시설.
위생을 챙길 여유도 없어 보였다.
병실이라 만들어 놓은 곳에는 3~40개의 침대가 있었는데
어찌나 더러운지.
팔뚝만한 쥐가 2~3분에 한 마리씩 돌아다니는 모습을 봐야 했다.

병원에 있는 아이들 대부분이 영양실조라고 했다.
먹은 것이 없어 눈조차 뜨지 못하는 아이들. 그리고
그 아이들의 부모들.
온몸을 이상하게 비틀어 경직되어 있는 아이가 있어
왜 그러느냐고 그 아이의 아버지한테 물어보니
병원에서 이유를 모른다고 했단다.
눈 각막이 허옇게 툭 튀어 나온 아이의 엄마한테 물어보니
역시 이유를 모른단다.
이런 아이들이 너무 많다.
다 이유를 모른단다.

알 수가 없겠지. 그 정도의 의료 수준밖에 안 되었던 것이다.
나는 의사가 아닌데도 대충 알 것 같은데 말이다.
한 아이는 소아마비일 것이고,
또 한 아이는 벌레에 물려 세균 감염이 된 것일 테고,
부러졌다 잘못 붙은 것이고….

촬영을 하고 있는데
어떤 승용차에서 반질반질하고 멀끔한 남자가 내린다.
아디다스 브랜드 옷을 입고 있는 그는 아무리 봐도 '양아치' 다.
그는 우리와 함께 촬영 중인 여의사 곁으로 오더니
한참 웃으며 얘기한다.
수다를 거의 40분정도 떨었을까.
그리곤 웃으며 유유히 사라졌다.
동시에 의사가 촬영을 중단했다.
다들 의아해했다. 왜 갑자기?
알고 보니 아까 왔던 사람이 중역인데
자신에게 허락을 구하지 않아
촬영이 불가하다고 했다는 것이다.
우리는 이 지역 장관에게도 벌써 허락을 구했고
병원에도 허가를 다 받았는데 그래도 안 된다고 한다.
그렇게 3시간을 넘게 허비했다.
절차라는 것도 가볍게 무시되나 보다.
해가 저물고 있었고 우린 아직 할 일이 많이 남았다.
답답한 마음에 가슴이 미어진다.
어리석은 사람들은 어디를 가든 있구나.

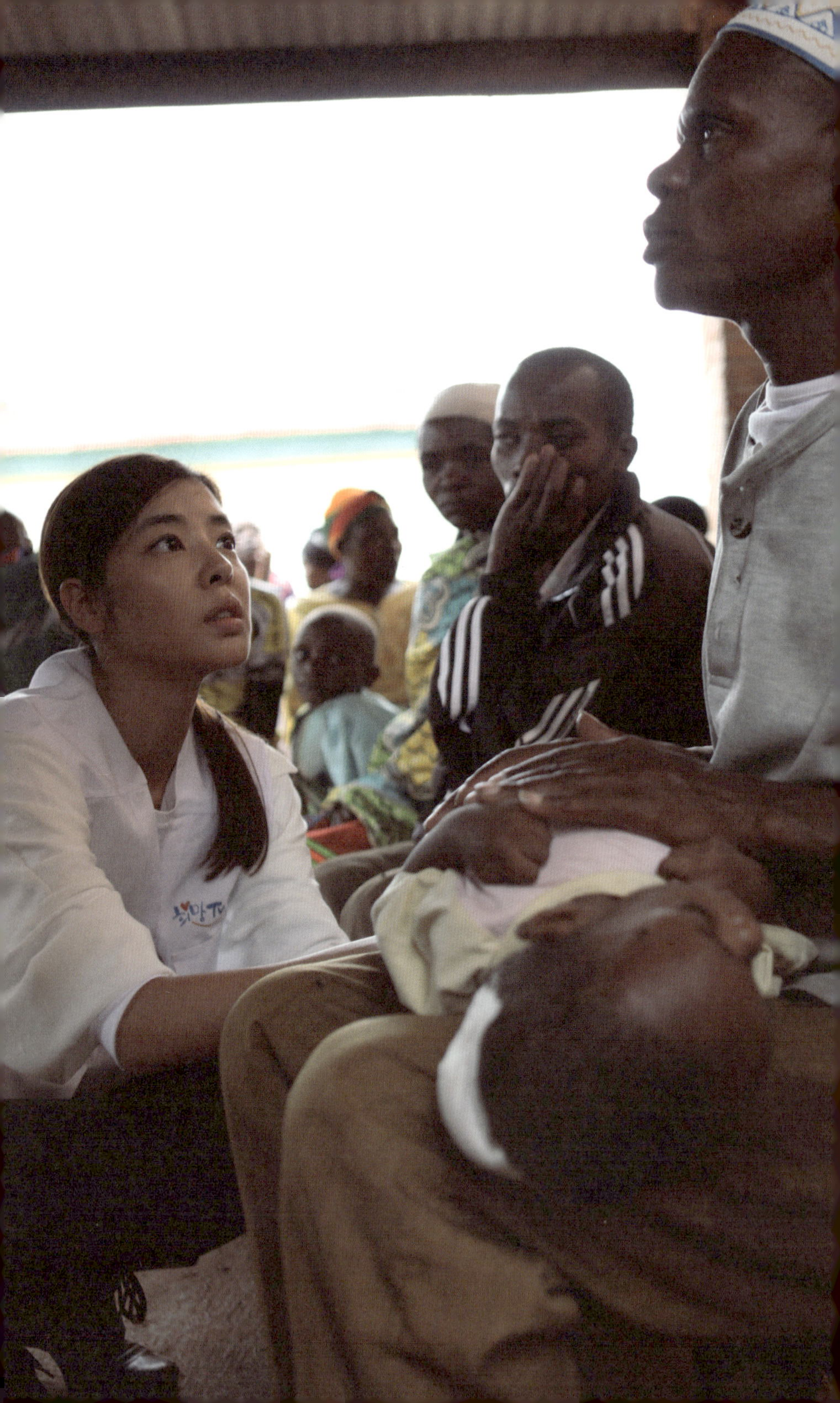

뭘 얼마큼 더 가졌다고 이렇게 유세일까.
이렇게 하면 자신의 체면이 서는 걸까.
속이 상한다.
나도 모르게 목소리가 커졌다.
"저기요, 우리는 도움이 되기 위해 온 사람입니다.
당신들을 도우러 왔다고요."
결국 촬영이 재개되었고 우리는 계획대로
겨우 데지레를 입원시키고 돌아올 수 있었다.

고되다.
다른 것 때문이 아니라 사람 때문에 고되다.

눈앞의 이익만 보고 움직일 수밖에 없는 그들의 현실.
그래도 그랬다.
사람이 희망이고 미래라고.
이 사람들을 이해하며 끌어 안아주어야 한다.
그래서
나는 오늘 조금 피곤하다.

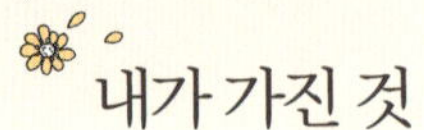

내가 가진 것

우리는, 아니 나는
내가 갖고 있는 것이 늘 부족하다 여기면서
더 많이 가져야만 한다는 강박에서
여전히 벗어나지 못하고 있다.
물론 그것이 잘못은 아니다.
그런데 그 생각 때문에 내가 지금 갖고 있는 것들이
얼마나 소중한 것인지 자주 잊어버린다는 것,
그것이 문제다.

앞이 아닌 위만 쳐다보고 사니깐
자꾸 목이 결려오는 것이다.
그래서 눈물이 난다.
기왕 흘릴 눈물이라면 뜨겁고 열정적으로 흘리자.
억울한 울음이 아닌 뜨거운 눈물을.

아프리카를 다녀와서
나는 깨닫게 되었다.
숙소 화장실의 엉덩이 받침도 없는 변기를 쓰면서,
붉은 녹물을 조금씩 받아 서울에서 가져 온 포트에 끓인 다음
욕조 안에 받아놓은 벌레 빠진 찬물과 섞어 샤워해가며,
빵 두 쪽, 삶은 계란 하나,
그리고 바나나 한 개를 매끼 점심으로 먹으며
하수구 역류로 방안에 온통 똥물이 넘쳐흐르는 걸 지켜보며.

그래도 내겐 침대가 있었고
샤워할 물이 있었고
벼룩 물린데 바를 약이 있었다.
이미 나는 너무 많은 것을 가진 자였다.
숙소 밖에는 이것마저 없는 현지인들이 천지였다.
그때 내가 누리고 있는 것들을 바라는 마음조차
사치인 이들이 있었다.

너무나 당연했던 서로 다른 현실.
그 안에서 다가오는 괴리감.
바탕부터 다른 인간적 권리의 기본.

그래도
삶은 지속되고 있었다.
내가 뭐라고 맨날 투덜거리기만 한단 말인가.

삶을 다시 바라봐야겠다.
'저 사람은 이만큼을 가졌는데 나는…' 이 아니라
'나는 이만큼 가졌는데 저들은…' 이라는 시각으로.

내가 저들을 위해 할 수 있는 건 뭘까.
이런 세상 속에서
내가 보탤 수 있는 한 줌의 힘은 무엇일까.

더 바쁘게, 더 열심히 살아야겠다.

엄마가 지어주신 밥

엄마는 새벽 3시에 언제나 밥을 지으셨다.
알람을 맞춘 것도 아닌데
매일 새벽 3시면 일어나 밥을 지으셨다.
그러고 보니
나는 어릴 적 매일 새로 지은 밥을 먹으며 자라왔던 것이다.
어릴 적엔 너무 당연했던 일이
살다보니 당연하지 않음을 깨닫는다.
병아리 같은 다섯 남매와
삶의 동반자인 아버지의 새 하루를 위하여
엄마는 그 새벽부터 하루의 밥을 지으셨다.
당신의 염원 가득한 따스한 밥을 먹으며 우리는
하루의 노곤함을 위로받았다.

밤샘을 밥 먹듯 하는 불규칙적인 삶을 사는 데도
내가 이렇게도 건강한 건 바로 우리 엄마의 소망이 담긴
따뜻한 음식 덕분인 것 같다.

부룬디에서의 이틀째 날,
잘 삼켜지지도 않는 뻑뻑한 빵을 씹으며 문득 그 생각이 났다.

이곳에서의 식사는 식빵에 삶은 계란,
그리고 이곳의 유일한 음료 환타가 전부다.
다 내가 잘 안 먹는 것들이다.
저녁의 '만찬'이 없었다면 나는 아마 쓰러졌을 것이다.
한국에서 가져온 컵라면과 햇반을 먹는 시간이 가장 행복했다.

점심 메뉴 대신 파인애플을 먹고 스태프들을 기다리며
갑자기 밀려오는 나른함에 차에서 잠깐 눈을 붙였다.
아이들 여러 명이 근처로 다가와 나를 구경한다.
실눈을 뜨고 보니 조그마한 동네 꼬맹이들이다.
외지 사람이 신기한가 보다.
얼핏 봐도 아이들이 참 이쁘다.
눈망울이 반짝반짝 살아있다.
동물적인 감각이 남아 있는 눈이다.
자기들끼리 소곤댄다.
나는 아이들과 이야기나 잠시 해볼까 싶어
다시 자리를 잡고 앉았는데
서로 네가 가보라며 밀치다 결국 "와아~~"하며 다 도망간다.
귀엽다.

문 사이로 부는 바람이 꽤 시원하다.
청량음료 같은 시원함이 이 안에 있다.

나뭇잎 부서지는 소리를 들으니 또다시 식곤증이 밀려온다.
공기가 따스하고 부드럽다.

삶을 대하는 자세

부룬디 봉사 사흘째.

아침잠을 깨우는 알람은 창밖의 새소리.
새의 지저귐을 들으며 하루를 시작한다.

불편한 생활이 그새 제법 익숙해진 모양이다.
오늘도 불이 안 들어온다. 역시 물도 안 나온다.
하지만 괜찮다.
전기는 안 들어오지만 날이 밝아오는 중이고
어제 받아놓은 물로 간단히 씻었기 때문이다.
머리야 뭐, 하나로 묶으면 되니 문제없고.
불편함이 점점 사라지고 있다.
옆방에서 훔쳐 온 거울은 왜곡이 너무 심해
그 거울에 비치는 내 얼굴이 정말 가관이다.
물이 맑지 않아서인지 뾰루지도 사방에 났다.
어제 저녁에 씻을 때 보니,
받아놓은 물에 기름이 떠 있고 누런 거품까지 끼었으니까.
그래도 이 정도면 다행이지 뭐!
배탈은 안 났잖아.

나는 지금 무한 긍정주의자로 변하고 있다.
감사한 일투성이다.
이곳에 오니 진정으로 감사할 일투성이다.
나를 되돌아보게 되고
내가 정말 많은 것을 갖고 있음을 새삼 깨닫는다.

세상은 학교.
이곳에서 난
삶을 대하는 자세를
또다시 배운다

행복의 자격

1 복된 좋은 운수.
2 생활에서 충분한 만족과 기쁨을 느끼는 흐뭇한 상태.

자격[資格][명사]

1 일정한 신분이나 지위.
2 일정한 신분이나 지위를 가지거나 일정한 일을 하는 데 필요한
   조건이나 능력.

행복에도 자격이 있을까?

누구에게나 자격은 충분하다고 본다.

단지 그 사실을 잊고 지내기에 문득문득

삶이 힘겹다고 느껴지는 것 아닐까?

어떤 사람은 그럴 것이다.

삶이 힘겹기 때문에 행복할 수 없다고.

행복은 사치라고.

나 또한 그렇게 생각했던 적이 있다.

너무나 많은 일들, 내가 감당하기 어려운 큰 숙제,

꼬이고 터지고 뭉개지고 내 힘으로는 도무지

갈 길이 안 보이던 어둠의 시간들.

숨을 쉴 때마다 핏물이 올라와
가시를 빼낼 생각조차 하지 못하던 그런 날들.

신께서는 그 사람이 짊어질 수 있는 만큼의
무게만 올려주신다 했지만,
나는 신을 원망했다.
왜 나에게는 이렇게 큰 무게를 주느냐고.
아마도 지옥이었을 것이다. 내가 있었던 곳은.
그때는 행복도 웃음도 사치였을 뿐.
다행히 더딘 걸음 속에서 조금씩 나아졌고
집요하게 희망을 품은 나는
여기에 이렇게 서 있을 수 있게 되었다.
이제와 돌이켜 보니,
생각 하나 바꾸면 모든 것이 달라졌다.

생각.
살겠다는 그 생각 하나.
생각은 그리 많은 시간을 투자해야 하는 것도,
큰마음을 먹어야 하는 것도 아니었다.
찰나와도 같은 짧은 시간에 일어나는 사소한 일이었다.
찰나 안에서 나는 지옥과 천국을 오갔다.

모든 이에게는 행복할 자격이 있다.
내가 있기에 세상도 있다.

행복해야 마땅한 당신.

존중받아 마땅한 당신.

자신 있게 웃고 자신 있게 행복하자.

행복은 사치가 아니다.

웃음도 사치가 아니다.

아까운 시간 허비하지 말고

소중한 나를 위해 써보자.

당신은

나는

행복할 자격이 이미 충분하다.

우리 모두는 행복해질 자격이 있다.

행복의 순간을
제대로 포착하지 못했다고
탄식해봤자 무슨 소용이 있겠는가.
시간이 얼마나 남았는지 모르지만
행복한 순간은 앞에 남아 있다.

되르테 쉬퍼, 『내 생의 마지막 저녁식사』 중에서

존게라의 눈물

우리가 방문한 두 번째 마을에서 만난 아이는
네 살의 존게라였다.
자기 집 문 앞에 쪼그리고 앉아 있던 눈이 맑던 아이.
'어쩜 이렇게 맑을까' 싶어 한참 푹 빠져
보고 있던 찰라 아이가 몸을 긁적거린다.
'아참!'
그제야 정신이 번뜩 든 나는 내가 온 이유를
떠올리고 아이의 온몸을 찬찬히 살펴봤다.
아이의 손과 발은 이미 모래벼룩에게 도륙당해 있었다.
손톱과 발톱은 빠지고 짓물러 있었고
심지어 허옇게 부풀어 오른 손톱과 발톱 안쪽에는
유충이 꿈틀거렸다.
어떻게 이런 일이!
내가 한참 들여다보고 있자니
아이의 엄마가 쇠꼬챙이를 들고 와서
아이의 손을 붙잡고 유충을 파내기 시작한다.
헉!
지켜보는 나에게도 고통이 전해져 눈을 질끈 감아버렸다.
그런데 이게 웬일일까.

보는 나도 이리 아픈데 존게라는 아무렇지도 않다는 듯
여전히 눈만 꿈뻑거리고 있다.
이럴 수가…
많이 아플 텐데…
몸 중에 가장 예민한 곳이 손톱 밑, 발톱 밑이 아니던가.
나는 가시에만 찔려도 눈물 나게 아프던데.

이 아이들은 태어나서 제일 먼저 배우는 것이
배고픔과 육체적 고통이었다.
웃음이 뭔지 모르던 아이 존게라.
해맑은 눈 속엔 그만큼의 서글픔이 숨겨져 있었다.

아이의 형은 상황이 더욱 심각했다.
이 무더운 날씨에 긴 패딩 점퍼를 입고 있는 것이
이상해보여 제작진이 옷을 살짝 들추어봤더니
손, 발 심지어 무릎과 팔꿈치까지
이미 모래벼룩이 파고들어 있었다.
아이의 나이는 여덟 살.
마을에서 가장 증세가 심각한 이 두 아이를
사람들이 모두 피하고 멀리한다 했다.
이 일을 어쩌나.
몸도 몸이지만 이미 두 형제는 정신마저도 피폐해져 있었다.
그냥 보고 있을 수가 없어
임시방편으로 내가 갖고 있던 손소독제를 손발에 잔뜩 발라줬다.
그랬더니 아이가 울음을 터뜨렸다.

존게라가 운다.
쇠꼬챙이에도 끄떡없던 아이가 지금 울고 있다.
나도 마음이 너무 아프다.
하지만 또 한편으로는 다행이다 싶기도 하다.
울 수 있다는 건 다시 말하면 웃을 수도 있는 것.
아이를 이리저리 달래보고
주머니에 넣어두었던 사탕과 초콜릿도 주었지만
울음이 쉽게 잦아들지 않는다.
아픔이 가라앉질 않는 모양이다.
눈물 콧물로 범벅이 된 아이의 얼굴 옆에서
파리떼가 떠나질 않는다.
월드비전 식구들은 물론 이번 방문을 화면에 담고 있던
희망TV 피디 두 분까지
머리를 모았다.
"정말 이대로는 안 돼요."
"뭔가 당장에 할 수 있는 도움을 줘야겠어요."
현지 월드비전 담당자가 소독약을 사오겠다고 한다.
기왕에 사오는 거 씻는 도구까지 사다 달라고 했다.
그 말이 끝나기도 전에 모두 동시에
자기들 주머니를 뒤져 돈을 꺼낸다.
약속이라도 한 것처럼.
이쁜 사람들!
일을 떠나, 의무를 떠나 마음을 먼저 쓰는 사람들.
정말 이쁘다.

빗방울이 추적추적 떨어졌다.

기다리는 동안 우리는 마을 여자들이

도자기 만드는 것을 구경했다.

사내들은 재료가 되는 검은 흙을 퍼오는 일을 맡는다고 했다.

반나절동안 걸어가야만 하는 곳이다.

아낙들은 그들이 가져온 흙으로 도자기를 만들어 굽는다.

그리고 또 반나절을 걸어 일주일에 한 번 서는 장에 나가 파는데,

하나에 15센트 정도라고 한다.

많이 팔아야 10개라는데

그것으로는 한 사람의 한 끼 식사를 해결할

돈밖에 안 된다고 한다.

그나마 유일한 생계인데

요즘은 플라스틱이 들어와 이마저도 안 팔린다니 안타깝다.

잠시 후, 장에 나갔던 스태프들이 도착했다.

한아름 선물을 들고서!

동네에 한바탕 대청소가 필요한 시간.

세숫대야를 주욱 펼치고

깨끗한 물에 소독약을 타서 아이들을 줄 세웠다.

한쪽은 씻기고 한쪽에선 소독하고 또 한쪽에선

보습제를 발라주고.

존게라가 또 운다.

너무도 서럽게 운다.

아이들이 운다.

너무 아파서 운다.

여기저기서.

내가 할 수 있는 일이라곤
울고 있는 그 조그마한 입에 사탕을 넣어주고
아픔이 가라앉을 때까지 기다려주는 일밖에 없었다.
그리고 나는 잠시 기도를 한다.
우는 만큼 웃음이 더 많아지길!

사랑의 연대

해가 질 무렵 세 번째 마을을 찾아갔다.

이 마을은 부룬디에서도 제일 가난한 동네라 한다.

가진 것이 거의 없는 사람들.

그들 사이에서도 최하빈곤층인 사람들만 모여 사는 그런 동네.

벽돌도 살 돈이 없어서 그저 바나나 잎과 나뭇가지로

겨우 엮은 것을 집이라고 하였다.

낮에는 해가 내리쬐지만 해가 지면 무척 추운데,

구멍이 숭숭 뚫려 있는 저 집에서 바람이나 피할 수 있으려나.

끝이 삐죽삐죽 날카롭게 뻗쳐 나온 나뭇가지들은

자칫 사고라도 나기 쉬운 상황이다.

또한 약하고 병든 자에게 더 꼬인다는 파리는

이 동네에 다 살고 있는 게 아닐까 싶을 정도로 많았다.

그 전에 받았던 충격은 충격도 아니었다.

최악이었다.

위생이나 건강상태도, 의, 식, 주 뭐하나 빠짐없이 말이다.

비도 오고 날도 저물어 가는 상황이라

우리는 오래 머물지도 못한 채

어쩔 수 없이 철수를 해야 했다.

아쉬워하는 그들의 눈빛 때문에
돌아가는 발길이 어느 때보다도 더 무겁다.
돌아오는 차 안. 스태프들의 표정 또한 무겁다.

숙소에 들어와 작은 컵라면에 햇반을 나눠 먹으며
일과를 이야기했다.
그러다가 먼저 피디님이 말씀을 꺼내신다.
“규리씨, 오늘 마지막에 갔던 마을,
원하던 장면은 그래도 다 담았기 때문에 원치 않으시면
안 가도 돼요.”
“원치 않으면요? 하하! 피디님도 맘에 걸리시는구나.”
피디님은 내 말에 쑥스러운 듯 웃음을 터뜨렸다.
“피디님. 제가 여기 봉사하러 올 때 혹시나 싶어 가져온
반팔티들 있잖아요.
그거 거기 아이들 줄까요? 마지막에 갔던 그 마을.”
“제작팀에서 가져온 신발들이 있는데요,
안 그래도 규리씨 쉬는 동안 저희끼리 가서
전해주려고 했는데….”
“그러셨군요? 아까 너무 짧게 만나고 온 것 같아서 많이
아쉬웠거든요. 우리 내일 그 동네 다시 가요. 가고 싶어요.
자꾸 마음이 쓰였는데, 잘 됐네요.
저 놀러온 사람 아니에요. 뭘 그렇게 어렵게 얘기하세요.
그럼 가져온 티셔츠와 신발을 그 마을 사람들에게
다 주는 건 어떨까요?
간 김에 아이들 소독도 시켜주고

남아 있는 세면도구들과 소독약도 다 주고 와요.

선물 제대로 하고 오는 거예요!"

사람의 마음은 역시 하나로 통한다.

선한 사람들일수록 더욱 그러한가 보다.

이렇게 멋진 팀과 함께할 수 있어 너무 행복한 순간이었다.

다음 날 그 마을을 다시 찾았다.

우리가 다시 간다는 사실을 미리 알려주었는지

차량들이 마을에 도착하자마자 동네에선 환영식이 열렸다.

심지어 다른 동네 사람들까지도 모두 모여 있었다.

사람이 낼 수 있는 가장 아름답고 흥겨우며

경쾌한 춤과 노래가

동네를 순식간에 축제의 장으로 만들고 있었다.

악기 하나 없이 손과 발로 장단을 만들고

모두가 하나로 내는 목소리는 합창단이 따로 없었다.

몸이 느끼는 대로 자유롭게 움직이며

그들은 춤을 추고 있었다.

그들의 즐거운 울림이 퍼지고 퍼져

모두를 흥겹게 만들고 있었다.

'아! 내가 지금 아프리카에 와 있구나.'

도착한 이후 줄곧 너무 가슴 아픈 일만 마주했는데

사랑을 주러 왔다가 내가 오히려 사랑을 받고 있는 느낌이었다.

한참을 흥에 취해 있다가

장단을 맞추는 아이의 아픈 발이 문득 눈 안에 들어왔다

우리가 해야 할 일들이 그때서야 생각났다.

흥이 깨질새라 겨우겨우 진정시기고선
먼저 소독약품들을 펼쳤다.
깨끗한 물이 필요하다 하였더니
동네 남자들이 보물처럼 모셔둔 물을 너도나도 꺼내어 나왔다.
없는 사람들은 물을 길러오기 위해 물통을 들고
부랴부랴 뛰어나갔다.
역시 모든 것엔 경험이 최고다.
우리도 한번 해봤다고 움직이는 손들이 일사천리다.
월드비전 심과장님은 정말 대단하시다.
감염의 우려가 있기 때문에 나한테는 꼭 위생장갑을 끼라고
하셨으면서 자신은 번거롭다며 장갑을 벗고
맨손으로 아이들을 만지고 안아주신다.
그 모습을 본 나도 장갑을 벗어던졌다.
'에잇! 나도 모르겠다.'

우리는 같은 사람이었다.
단지 너는 이 곳 부룬디에서 나는 한국에 태어나
이렇게나 다르게 살아왔지만
내가 그렇듯 너 역시 존중받아 마땅한 사람이었다.
가진 것 하나 없어도 그래도 만족하며 감사히 여기는 당신들이
가진 것이 많아도 더 갖기 위해
아등바등 거리며 사는 나보다
훨씬 더 위대하고 고귀하고 멋지다.
그래, 당신들이 진짜 멋쟁이다.

이 동네에서 정말 놀란 점은 주민들의 '연대' 였다.
다른 마을처럼 '우리 집은 우리 집, 너희 집은 너희 집'이 아니라
모두 팔 걷어붙이고 내 아이, 남의 아이 할 것 없이
씻겨주고 소독시켜 주었다.
이전 동네에서도 주민들은 우리가 처치를 해주는 동안
서서 지켜만 봤는데, 이곳 사람들은 달랐다.
서로가 부족하다고 생각해서였는지 모르겠지만
모두가 하나의 가족이었고 부모였다.
그 모습이 참 아름답게 보였다.

돌아오는 길, 어느 때보다 꽉 찬 충족감을 느꼈다.
선물을 들고 간 우리는 그렇게 선물을 받고 왔다.
가슴 깊이 한아름 풍성하게.

모든 맛은 즐거움이다

예전에 내가 아는 즐거움은
설탕 같은 단맛이었어.

하지만
그날 이후 달라졌지.
단맛, 쓴맛, 신맛, 짠맛
이 모든 맛을 즐거움이라 당당히 말할 수 있게 되었어.

고맙다.
느낄 수 있게 되어서.

다행이다.
진정한 삶의 즐거움을 깨닫게 되어서.

깨닫게 해준
나의 모든 하늘에게 감사를!

처음
사랑할 때처럼
그렇게

피사체

예쁜 피사체를 담으려면 내가 먼저 움직여야 한다.

피사체를 내 카메라에 예쁘게 담기 위해서
이리도 보고 저리도 보고
앉아보기도 하고 뛰어가면서도 보고.
그렇게 하며 깨달은 사실은
예쁘게 보려고 마음을 먹어야 세상이 예뻐진다는 것이다.
내가 움직여야 한다.
내가 노력을 해야 한다는 말이다.
남이 나를 예쁘게 봐주는 것을 기대하지 말고
내가 먼저 보려해야 한다는 것이다.
내가 바뀌어야 한다는 것.

비행기를 타면…

드디어 출국이다.
그리 힘든 일도 없었는데
요즘
왜 자꾸 일상에서 멀어지고 싶었을까?

비행기의 엔진소리가 이어폰 속으로 파고든다.

비행기의 고도가 높아지면
희한하게도 감정도 따라 고조된다.
지나간 것들에 대한 그리움.
삶에 대한 애잔함.
인생을 살아가는 모든 이들에 대한 연민.
그 모든 감정들이 넘쳐흐른다.

그래서 난 비행기를 타면
글을 쓰거나, 자거나, 영화를 보거나, 운다.

what are your five year goals?
Barrel racing in Makewood
whats your favorite thing in ye
Amber Rights
Erin whats your pet peeve?
drunk people not realiz
what was the last song you
Augustus Pablo Jun
Draw Sara Glick here pleas
Who is
Go
Are the
All a
hat

내가 '나' 이지 않아도 되는 시간들

그때부터인 것 같다.
8년 전.
그녀가 세상을 놓고 서둘러 발길을 돌려야 했던 그때.
나는 나의 일상을 온전히 받아들이는 것이 두려웠다.

그래서 여행을 다니기 시작했다.

이방인으로서의 해방감.
내가 아닌 타인이 되어 보는 흥분.
주목받지 않는 자유로운 시선.
내가 '나' 이지 않아도 되는 시간들.

버리고 도망쳐야만 했던,
그래야 살 수 있을 것 같았던 그때.
나는
여행이라는 명목 하에 나의 삶을 버리려 무던히도 노력했다.
아픔을 외면하려 그리도 달렸다.

나는 나를 버리려 했다.
그것에 대한 미안함, 그리고 죄책감.

이번 여행에서 난
어떤 것을 놓고 오게 될까?
또 어떤 것을 얻어 올 것인가.

나는 지금
나의 현실과 마주보고 있긴 한 건가.

아직도,
아직까지도 나는 벗어나려 하는가.

내비게이션

마음속 생각은 우리의 내비게이션.

'왜 발길이 이유 없이 그곳으로 닿을까?' 생각할 때가 있다.
그러나 우리 몸은 이미 정해진 방향으로 가고 있는 것이다.
당신이 가고 있는 길은
당신의 마음이 정해놓은 내비게이션에 따른 길.

"내 맘이야!"라며 우기기도 하고, 버티기도 하고,
고집부리기도 하지만 굳이 그렇게 말하지 않아도
우리는 이미 마음이 만든 길을 걷고 있다.
평소에 하는 자투리 생각들과 감정들로 차곡차곡 닦아놓은
이유 있는 길로 우린 이미 걸어가고 있다.

그러니 마음을 조용히 들여다본다면 앞으로 올 일들도
알 수 있게 되겠지.

아, 다리가 저려온다.
내일은 또 무슨 일이 오려나.
내 두 다리가 또 어떤 일로 나를 데려가주려나.

콜로세움에서

아픔의 과거는 역사가 되어 내 발 밑에 있다.

나는 역사를 밟고
역사는 내 위로 쌓인다.
그렇게 시간이 흐른다.

봄볕처럼 따뜻한

「냉정과 열정 사이」는
내가 대사까지 외울 정도로 좋아하는 영화다.
그 영화의 배경이 된 도시
피렌체에서의 첫 날,
나는 뜻하지 않은 선물을 받았다.

르네상스 시대의 아름다운 조각들로 가득한
시뇨리아 광장에서였다.
한 청년이 조용히 다가와 작은 흰색 봉투 하나를 내밀었다.
한국인이었던 그는 내 팬이라고 했다.
봉투를 열어보니 케이크가 들어 있었다.
그는 사진을 찍자 하지도 않았고
사인을 해달라 부탁하지도 않았으며
긴 말을 건네지도 않았고
자신을 알리려 하지도 않았다.
그는 나에게 아무것도 바라지 않은 채
그저 케이크만 전한 뒤 고요히 사라져 갔다.

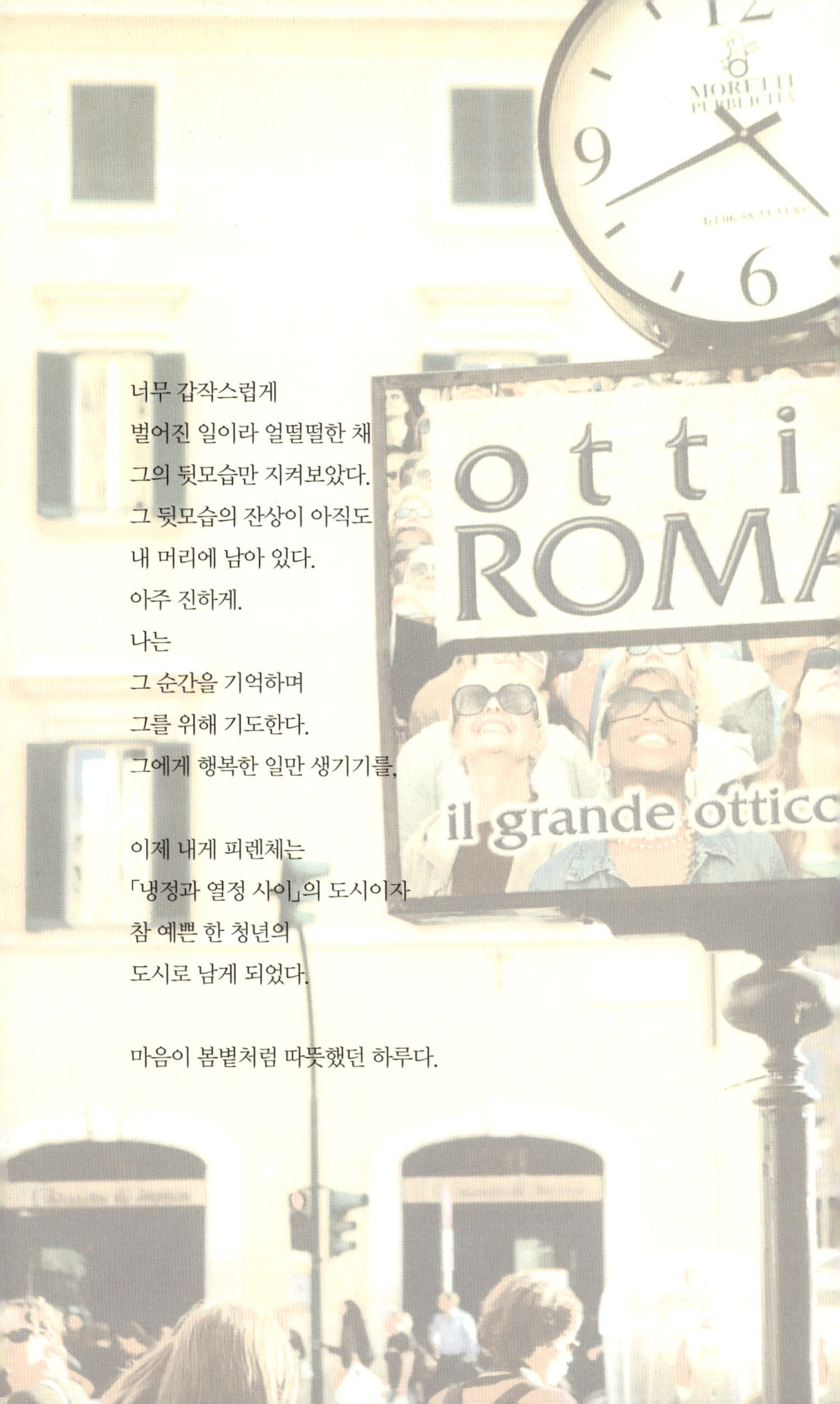

너무 갑작스럽게
벌어진 일이라 얼떨떨한 채
그의 뒷모습만 지켜보았다.
그 뒷모습의 잔상이 아직도
내 머리에 남아 있다.
아주 진하게.
나는
그 순간을 기억하며
그를 위해 기도한다.
그에게 행복한 일만 생기기를,

이제 내게 피렌체는
「냉정과 열정 사이」의 도시이자
참 예쁜 한 청년의
도시로 남게 되었다.

마음이 봄볕처럼 따뜻했던 하루다.

피렌체의 밤

지금은 저녁 9시.
오늘은 피렌체의 마지막 밤이다.
계획된 일정을 소화하느라 도시를 제대로 보지도 못한 채
또 마지막 밤을 맞고 있다.
일행들은 모두들 피렌체 골목을 헤매고 있는 이 순간,
나는 조금 일찍 호텔로 들어와
내일 공항 갈 준비를 미리 하고 있다.

다리도 아프고 피곤하다는 핑계를 댔지만,
솔직히 말하자면
실은 혼자만의 시간을 누리고 싶었다.
늘 그렇듯이 내일을 위해 에너지를 남겨두고
조금은 여유로운 나만의 저녁을 갖고 싶었다.
이렇게 미리 준비해서 또 다른 하루를 급히 시작하지 않는 것.
그것이 나다.
피렌체에 왔다고 그 성격이 변할 리 없다.

여유롭다.

내가 묶는 호텔은
도로 하나를 사이로 아르노 강이 바라보이는 곳이다.
창문을 잠시 열어두었더니
차들이 지나가는 소음도 만만치 않다.
그래도 좋다.
준세이와 아오이가 바라보고,
단테와 베아트리체가 지켜보던 아르노 강이 저 앞에 있는데
이 정도는 얼마든지 감수할 수 있다.

지나가는 차 소리를 음악 삼아
나는 창문 넘어 들어오는 피렌체의 공기를 마음껏 마시며
혼자만의 밤을 즐기고 있다.
소음 속에서도 고요함이 느껴진다.
평화롭다.

내가 술을 마실 줄 안다면 좋을 텐데.
그러면 와인 한 병 사들고
길가에 아무렇게나 앉아 병째로 마셔도 좋겠다.
영화 「비포 선라이즈」의 주인공들처럼
방금 사랑에 빠진 누군가와
공원 잔디에 누워 별을 보며 함께 마실 수 있다면 더 좋겠고.

하지만 나란 인간은 아쉽게도 알코올과 친하지 못하다.
그래도 상상만으로도 행복하다.
아, 좋다.
지금 내 몸에는
피렌체의 밤이 흐르고 있다.

우리 안에 빛나는 별

잡지 화보 촬영차 묵게 된
이탈리아 동부의 작은 마을 토렌티노는
유럽의 다른 많은 도시들처럼
오래된 것과 새 것이 잘 조화를 이룬 곳이다.
밤이 깊어가고 있지만,
설레기도 하고 샘나기도 한 기분에 잠이 잘 안 온다.
유럽에만 오면 꼭 이런 감정이 솟구친다.

옛것을 지킨다는 건 어떤 의미일까.
어떠한 세월들이 이들 위로 흘렀을까.
새 것과 오래된 것이 어떻게 만날 때 아름다울 수 있을까.

이 세상에서 돈으로 매길 수 없는 단 하나.
그것은 그 나라만이 갖고 있는 문화라고 생각한다.
한글의 가치를 어떻게 돈으로 환산할 수 있다는 말인가.
문화는 우리가 부르는 게 값이다.

그런데 나 역시
간혹 남의 나라 것을 더 가치있게 여길 때가 있다.

문득 돌아보니 얼굴이 화끈해진다.
그런데 궁금하다.
혹, 당신도 그렇지는 않은지?

겁도 많고 소심한 나는
'선언' 같은 큰 목소리는 못 내지만
소극적이나마 우리 것을 찾아가고 있는 중이다.
영화 「미인도」 촬영을 위해 배웠던 한국화를
계속 공부하고 있는데,
겨우 손톱만큼 알게 됐을 뿐이지만,
알면 알수록 우리 예술의 깊은 멋에 매료되고 있다.

우리의 것을 사랑하고 지켜가는 것도
혼자하면 취미이지만 여럿이 함께한다면 문화가 될 것이다.
지금 우리가 세우고 만들며 즐기는 것 역시
먼 미래에는 유산이 된다.
세월이 그렇게 흘러온 것처럼.
'나는 미래의 유산이다. 내가 만들어 내는 것이 곧 역사다.'
이런 생각으로 우리 모두가 오늘을 산다면
여기가 얼마나 멋진 곳이 될 수 있을까.

「댄싱 위드 더 스타」라는 프로그램에 출연을 했었다.
댄스스포츠를 선보여 우열을 가리는 서바이벌 프로그램이었다.
단시간에 배워 생방송으로 경연을 해야 했으니,
그야말로 피 터지는 전쟁터 같은 프로였다.

그 시간을 겪어내고 났더니,
짧은 시간 안에 참 많은 것을 배웠고
나 스스로 많이 변화했음을 느낀다.
또한 그 프로그램 덕분에 댄스스포츠라는 장르도
새롭게 인식되어 요즘엔 배우는 사람들도 많아졌다고 들었다.

그런데, 그런데 말이다.
만약 「댄싱 위드 더 스타」에서
우리 고유의 춤을 주제로 서바이벌을 한다면 어떨까.
당신은 물론 '그건 아니지. 그게 먹히겠어?'라고
생각할 지도 모르겠다.
그런데 당신이 모르고 있는 것이 있다.
이 프로그램이 처음 시작될 때,
모두들 안 될 것이라며 비관적으로 바라봤다.
나에게도 "그런 걸 왜 해? 하지 마."라고
말하는 사람들이 있었다.
그러나 우린 만들어냈고 보여줬다.
그러기 위해 뼈를 깎는 노력을 하면서.

앞장 설 자신 없는 겁쟁이인 나는
누군가가 '함께 만들어가 봅시다!' 해줬으면 좋겠다.
많은 사람들이 '함께 가자' 고 '동참해보라' 고
권유해주면 좋겠다.

우리 고유의 춤을 소재로 한 「댄싱 위드 더 스타」같은
프로그램이 생긴다면
나는 고민하지 않고 참가할 의사가 있다.
"저요, 저요!" 두 손 번쩍들고 달려갈 것이다.

이런 생각들로 잠 못 들며 바라본 창밖에는
수천 년 된 돌길과 매끈한 새 건물이 아름답게 공존하는
토렌티노 거리가 달빛에 빛나고 있다.
부럽고 샘나며 미안하고 아쉽기도 하며
동시에 의욕도 생긴다.

부러워하기만 하는 일은 이제 그만!
우리도 해내자.
우리 것을 이어가고, 만들어 가고, 마음껏 즐기자.
우리 안에 빛나는 별들을 아름답게 지켜내자.

다 괜찮아 질 거야

편지를 봉하기 위해 초를 녹이다가
그만 실수로 촛농이 손에 떨어졌다.

너무 아파 한참 손을 털었는데
촛농은 그대로 그 자리에 곱게 자리 잡아 붙어 있다.
아, 너무 아프다.
살에 붙어 굳은 촛농을 살짝 떼어보니
그 아래 살이 빨갛게 부어 있다.

화상이라 하기도 뭐하지만,
며칠이 지나도록 상처 부위는 여전히 주변 살과는 다른 색이다.
근처만 만져도 아픈데,
오른손인지라 움직이다 조금이라도 긁히면 눈물이 쏙 빠진다.

잠시 이 상처를 보며 나는 생각한다.

'네가 꼭 지금의 나 같구나.'
솔직히 말하자면
아직 내 마음에 새 살이 돋아나지는 않은 것 같다.

매일매일 평정심을 유지하려 무던히도 노력해보지만
아직도 밖에 나갈 때마다 조금 두렵다.
그때보다는 아주 많이 나아졌지만
잔잔하게 보이는 물이라도 돌멩이가 던져지면 일렁이듯
가끔 커다란 파장이 심장에 일렁인다.
진정시키려 노력해보고
괜찮다 안심시키려고 애를 쓰지만
쓰라린 건 어쩔 수 없다.

지금 내 손의 작은 화상처럼.
이 상처는 지금
예민하고, 아프고, 쓰라리기도 하며, 움푹 파여 검붉다.
하지만 시간이 지나면
건강한 새 살이 돋아날 것이다.
그리고 아픔도 사라지겠지.

질문이 없으면 해답도 없다고 했다.
질문이 있기에 답을 찾아낼 수 있는 것이라고.
그렇기 때문에
아픈 순간이 바로 가장 기뻐해야 하는 때라고.

손에 난 작은 상처가
다시 약해져 가는 내 마음을 다잡게 해준다.

다시 일어나 나 자신에게 기회를 주라고.
힘내라고, 힘 좀 내 보라고.
질문이 생겼으니 답도 있을 거라며 응원도 해보라고.

괜찮아.
다 괜찮아.
다 괜찮아 질 거야.

SUBVERT
RESIST
DENY
REVOLT
Analog

IS THIS
GOOD
DESIGN?
OR IS IT
OMETHING
MORE

DSQUARED
SPRING
SUMMER
2005

PHOTO
BY
STEVEN
KLEIN

HELMUT LANG

네 잘못이 아냐

어머니가 돌아가신 뒤,
서러움에 가득 찬 내 세상은 암흑이었다.
매일이 눈물이었다.
스치는 바람이 따스해서 눈물이 쏟아졌고
엄마 손 잡고 지나가는 아이가 부러워 눈물이 났다.
친구의 생일파티 날 왁자지껄 웃음소리가 가득했는데
나만 그러질 못해서, 눈물이 자꾸 차올라
그냥 그 길로 밖을 향해 내달렸다.
다신 그런 행복한 자리엔 가지 않으리라
다짐하곤 했다.

아마도
누군가를 보낸 상실감보다는
뒤늦은 후회가 너무도 컸던 것 같다.
있을 때 잘하지 못하고,
소중함을 너무 쉽게 생각했던
그런 나를 향한 질책.

하지만 삶은 그곳에서 멈추지 않았다.
걸어, 걸어 이곳까지 오게 되었고
세상 속에, 또 시간 속에
아픔은 희석되어 씻겨지고 정화되었다.
아픔은 멈춰있지 않았다.
기억이 흐려지듯 아픔도 흐려진다.
나는 이젠 맘껏 웃을 수도 있고
양껏 내 삶을 선택하고 즐길 수 있게 되었다.
하루하루 주어진 일에 열중하다 보니 생긴 결과다.

괜찮다.
이대로 참 괜찮은 삶이다.
부족한 걸음이라도
그렇게 멈추지 않고 산다면
그 하루들이 나를 정화시켜 주고
힘을 줄 것이다.
누구의 것이라도 삶은 지속될 자격이 있다.
어느 하나 빠짐없이.

언젠가
심장이 떨려 두발로 서 있기 힘들던 날에
제동오빠가 해준 말이 생각난다.
"It's not your fault.
It's not your fault.
It's not … your fault.
너의 잘못이 아니야.
너의 잘못이 아닌 거야.
괜찮아.
괜찮으니 그냥 맘껏 울어도 돼."
내 가슴에서 고였던 피눈물이
밖으로 터져 나올 때까지 오빠는
계속해서 나에게 되뇌셨다.

지나온 일에 후회는 있지만
그때는 알지 못한 것이었을 뿐.
그 소중함을 이제라도 알았으니
큰 교훈을 뼈아프게 배운 것이다.

괜찮다.
그래도 괜찮다.
삶은 계속해서 진행되어야 한다.
기왕이면 나를 응원해주면서 가자.

삶은, 그리고 오늘은 계속 이어져야 하니까.

거부할 수 없는 매력

가뭄에 갈라진 강바닥처럼 목마르게 일이 그립던 때,

나는 간절히 바랐다.

거부할 수 없는 매력을 갖고 싶다고.

그 누구와 비교할 수도 없고

누군가와 비교도 안 될 그런 배우, 그런 여자가 되게 해달라고.

나는 매일 집 안에 틀어박혀 자책을 했다.

내 실력, 내 매력, 내 행운, 내 가치에 대해.

그렇게 바닥까지 내려가다 결국 만나는 건 외모다.

'이래서 여배우들이 일 없을 때 얼굴에 손을 대는구나.'

하는 생각도 했다.

얼굴보다 연기 걱정을 해야 되는데도,

선택받지 못한다는 생각에 자신감이 떨어지고

여자이다 보니 결국 외모 탓까지 하게 되는 것이다.

어쩔 수 없다.

악마의 속삭임은 정신력으로, 자존감으로 이겨내야 한다.

운동이라도 하며 정신을 가다듬어야 한다.

나는 산에 오르며 겨우겨우 버텼다.

그러나 갈망은 사라지지 않았다.

'거부할 수 없는 매력이란 무엇일까?'

그 질문을 나는 몇 년 동안 가슴에 품고
그런 여인이 되게 해달라고 빌고 또 빌었다.
하루키를 좋아하게 된 이유이기도 하다.
하루키의 소설에 등장하는 여성은
아무리 작은 역할일지라도
자신만의 매력이 충분히 넘쳐흘렀다.
하루키를 쫓다보니 그가 고양이 여러 마리를 키우며
한 녀석 한 녀석에게 영감을 받는다는 사실도 알게 되었다.
그래서 고양이를 식구로 맞기도 했다.
순전히 매력적인 여성이 되기 위해 말이다.

르누아르는 장미를 그리다가 잘 안 그려지면
장미 꽃잎을 따서 하나씩 먹었다는데.
그렇게라도 하면 잘 그려질까 해서.
나도 그런 마음이었다고나 할까?
그럼에도 불구하고 나는 아직도 잘 모르겠다.
거부할 수 없는 매력이란 어떤 것인지.

다만, 한 가지 터득한 답이 있으니
일단 밖으로 나와 세상을 많이 접해야 한다는 것이다.
사람들도 만나고 일도 거침없이 도전해봐야 한다.
존재는 스스로 느끼기도 하지만
누군가에게 확인받을 때 좀 더 명확해지니까.

나는 이제 나답게 살아보려 한다.
머릿속으로만 하던 생각을
피부로 직접 느낄 수 있는 현실로 끌어내
좀 더 적극적으로 확인하고 또 확인 받아볼까 한다.
분명 가장 나다운 것이 가장 매력적인 것이다.
나를 거침없이 표현해볼 때,
아마도 오랜 질문에 대한 답을 찾을 수 있지 않을까?

거부할 수 없는 매력의 여인,
앞으로 만들어 낼 나의 날들이 그녀를 내게 데려다줄 것이다.
두근거린다.

승기씨, 미안해용!

내 데뷔작은 뮤직비디오다.

난생 처음 내가 담긴 영상은 '스크림'이라는

팀의 「스무살의 비망록」이라는 곡의 뮤직비디오였다.

모델로 데뷔하기 전의 일이다.

그때만 해도 나는 연예인이라는 직업을 갖게 될지 몰랐다.

공부를 계속할 거라 생각했기 때문에

단순히 아르바이트로만 생각했다.

그러다 보니 아는 것도 없었는데,

오히려 완전 무지했기 때문에 흥미진진한 새로운 세상이었다.

그래서였을까?

나는 뮤직비디오 찍는 걸 무척 좋아하게 되었다.

좋은 노래를 제일 먼저 들을 수 있다는 것도 행복하고

그 노래에 맞춰 내 모습이 나오는 것도 아찔했다.

마치 그 노래가 내 것 같은 착각이 들기도 했다.

그래서 지금도 나는 뮤직비디오 출연 기회를 마다하지 않는다.

하지만 그런 나도 모든 제의를 다 받아들이는 건 아니다.

노래를 들어봐서 내 마음에 들거나,

느낌이 좋은 것만 선택했다.

한번은 이런 적이 있었다.

이선희 씨가 히든카드로 키운 신인의 노래라며
뮤직비디오 출연 제의가 들어왔다.
CD를 받아들고 집에서 들어봤는데
가사가 너무 직설적이고 터무니없었다.
누나는 내 여자란다. 너라고도 부르겠단다.
내 참 어이가 없어서!
나는 단칼에 거절해버렸다.
어디다 대고 누나한테 너라고 불러!
맞다. 그 곡이 바로 이승기 씨의 데뷔곡 「내 여자라니까」였다.

좋아하는 음악이 있다는 것,
그 음악에 작은 부분이나마 참여할 수 있다는 것은
충분히 멋진 일이다.
나는 지금도 멋진 뮤직비디오와 만날 꿈을 꾼다.
이제 누나한테 너라고 부르는 것쯤 아무렇지도 않은데…
승기씨, 미안해용!

허공에 그림 그리기

오늘은 여유가 많다.
오늘도 내일도 모레까지도 촬영이 없기 때문이다.
조용히 쉬고 싶어 오랜만에 푹 자고 일어나
종일 TV만 보고 있다.
화면에 비친 드라마 속 배우들은
정말 그런 사건들 속에서 그런 인생을 살고 있는 듯하다.
그들은 한 치의 오차 없이
그 속에서 숨을 쉬고 있었다.

사흘 뒤면 나는 또 새로운 대본으로 촬영할 것이다.
촬영할 때마다 매 순간을 의심한다.
'이걸 내가 해낼 수 있을까'
나와 캐릭터 사이에서 괴리감을 느끼며
내가 '그'가 될 수 있을지 의심하는 것이다.
매번 그랬다.
쉬웠던 적은 단 한 번도 없었다.
이번 드라마 「무신」에서 내가 맡은 '송이'는 더더욱 그렇다.
결코 쉽지 않은 캐릭터다.
송이를 연기하면서 좌절감을 느끼기도 했고

나 자신을 탓하기도 했고 성취감도 느꼈다.
하나가 될 순간을 줄곧 기다리다 지치기도 했다.
모든 것 하나 쉬운 게 없는 작품이고 인물이다.
대사도 어렵고, 감정라인도 어려운 송이.
몇 번을 그녀의 손을 놓았다 다시 잡았다.
장면이 많으면 많아서 어렵고
적으면 적은대로 또 어렵다.
한 장면을 찍기 위해 나는 사흘 전부터 대사를 외우는데,
한 회에 단지 한 장면인 적도 많았지만,
그렇다고 쉬운 적은 단 한 번도 없었다.
아무리 대사가 적어도
사흘 전부터 대본을 손에 놓지 않고 외우며 몰입했다.
나는 이 작품을 통해 많은 것을 배웠다.
모든 작품이 다 이렇게 힘들지는 않지만
그렇다고 쉬운 적은 없었다.
대본에 적혀 있는 글을 읽는다.
글 속에서 사람의 마음을 읽고
작가의 마음을 읽고
감독의 마음을 읽으며
캐릭터의 마음을 읽고
마지막으로 시청자의 마음을 읽는다.

「현정아 사랑해」라는 드라마를 찍을 때였다.
감독님이었는지 상대 배우였는지 정확히 기억이 안 난다.
어쨌든 그때 누군가가 그랬다.

"우리가 하는 일은 허공에 뭔가를 그리는 일이다.
어차피 처음부터 가짜라는 말이다.
하지만 현정이를 연기하는 네가 진짜라고 믿으면
시청자들도 진짜라고 믿게 된다.
가짜를 진짜로 만들어 내는 일,
그것이 우리가 할 일이다."

믿으면 그것이 현실이 된다.
나는 앞으로도
주저앉으려는 나를 일으켜서 믿으면 된다고,
너는 할 수 있다고, 분명 해낼 것이라고 응원할 것이다.
내가 감탄하고 있는 저 화면 속의 인물들처럼
그 안에서 진짜 삶을 살 것이다.
정말 중요한 건 내 믿음이다.
믿음, 그거 하나면 충분하다.

나는 참 소심한 아이다. 그래서 상처도 많이 받는다.
참 많이 부족한 사람이다.
그렇기 때문에 남들보다 더 노력하고 공부해왔다.
처음부터 그랬다.
이제 조금 더 나를 믿어보려 한다.
나는 해낼 것이다.
나는 믿을 것이다.

엄마,
오늘 촬영장에 와주셔서 감사해요.
죄송해요.
어쩔 수 없었어요.
점심 먹기 전에 눈물 씬을 다 찍었는데
다시 또 촬영해야 한다잖아요.
있는 힘을 쪽 빼며 촬영하기도 했었는데,
다 끝났다고 감정도 다 털어내버렸는데 재촬영이라니…

감정이 잡히지 않아 속으로 당황하던 순간
결국 엄마를 불렀네요.
느낄 수가 있어요, 엄마가 계신 곳.
참 따뜻하고 가슴이 먹먹해지거든.
엄마 덕분에 촬영 잘 끝냈어요.

그런데
아파, 마음이.
계속해서 아파.

죄송해요.
자꾸 그렇게 아픈 마음으로 엄마를 생각하면 안 되는데.
참 못난 딸이야.
그때나 지금이나 여전히 형편없어.
투정만 부리고, 자기가 필요할 때만 찾고.

그래도 좋았어. 엄마를 느낄 수가 있어서.
보고 싶어요.
정말 너무 보고 싶어.

못난 딸 규리가

어떤 사랑

이런 기분일 줄 몰랐다.
시원하고 좋을 줄 알았는데,
울지 않을 줄 알았는데,
「무신」마지막 촬영을 마치고 차를 타며 나는 무너졌다.
이 절절한 아픔은 뭘까.
가슴이, 심장이 너무 아프다.

비극적인 최후를 맞는 마지막 연기를 앞두고
대본을 읽을 때마다 울었다.
한 줄 한 줄 읽을 때마다 가슴이 아프고 눈물이 흘러서.
대본을 보기가 싫었다.
2주 동안 매일 눈이 팅팅 부은 채 보냈다.

내가 연기한 송이는 매력적인 여자다.
그리고 불쌍한 여자.
사랑만 빼고 모든 것을 가진 여자.
꼿꼿하고 강하면서도 애처롭고 가련한 여자.

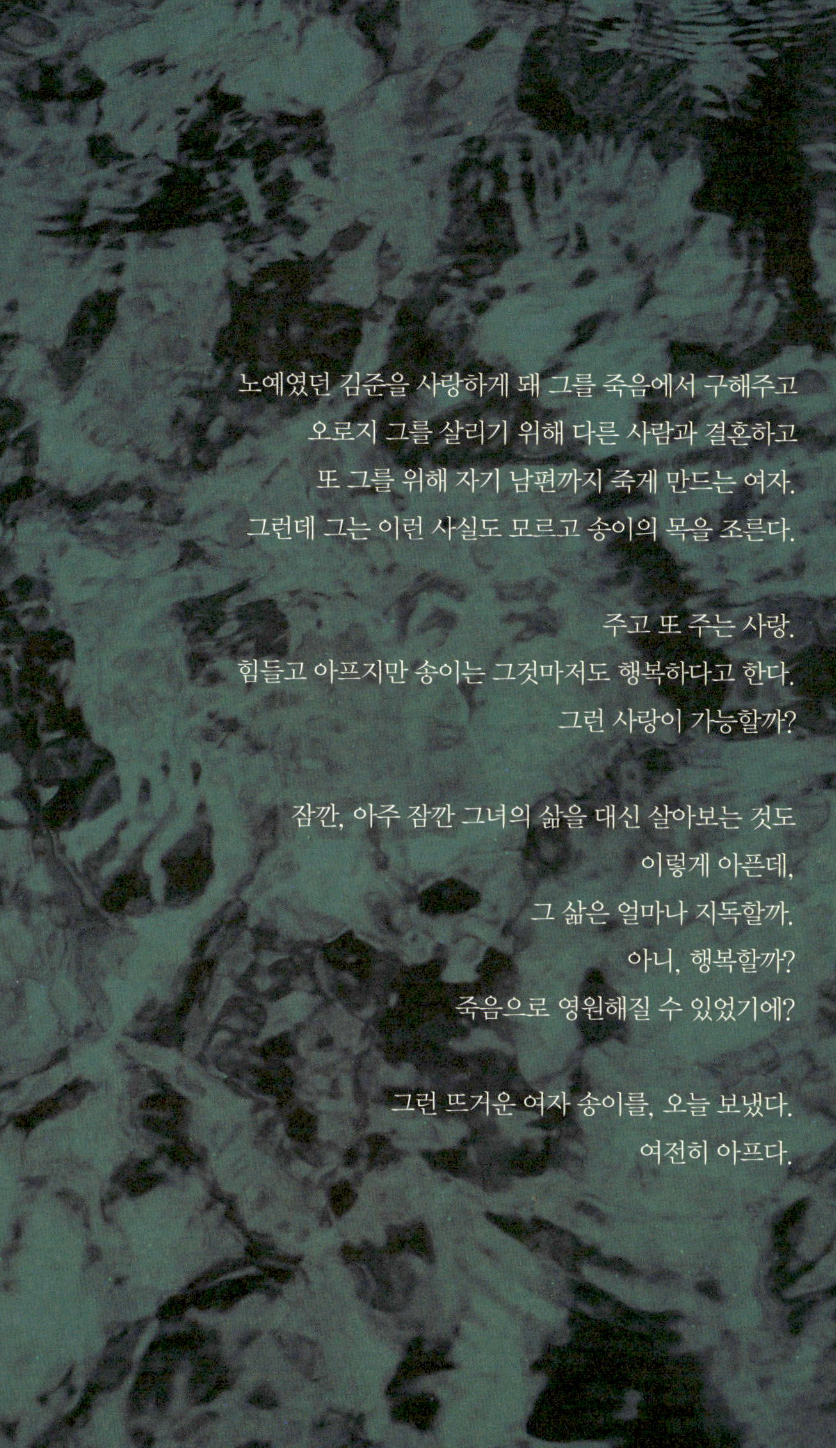

노예였던 김준을 사랑하게 돼 그를 죽음에서 구해주고
오로지 그를 살리기 위해 다른 사람과 결혼하고
또 그를 위해 자기 남편까지 죽게 만드는 여자.
그런데 그는 이런 사실도 모르고 송이의 목을 조른다.

주고 또 주는 사랑.
힘들고 아프지만 송이는 그것마저도 행복하다고 한다.
그런 사랑이 가능할까?

잠깐, 아주 잠깐 그녀의 삶을 대신 살아보는 것도
이렇게 아픈데,
그 삶은 얼마나 지독할까.
아니, 행복할까?
죽음으로 영원해질 수 있었기에?

그런 뜨거운 여자 송이를, 오늘 보냈다.
여전히 아프다.

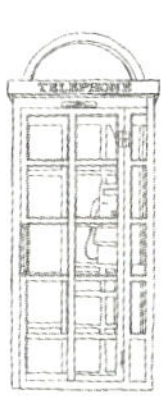

조금 더 일찍,
조금 더 많이

108배

불교에는 108배, 3000배, 4000배 기도가 있다.
그 숫자만큼 절을 하는 것인데
아주 어렸을 적부터 절에 다녔던 내게는
그리 어려운 일이 아니다.
매주 해왔고, 또 마음이 원할 때마다 해왔으니까.
그런데 내가 오랫동안 잘못 알고 있던 게 있다.
절을 하며 소원을 비는 줄 알았던 것이다.
8년 전 엄마가 세상을 떠나고
고통 속에 빠져 있다가 정신 차리고 마음을 잡기 시작할 때쯤
깨닫게 되었다. 그것이 아니었음을.

간절한 기도를 드리기 전에 몸을 씻듯이
진실한 기도를 드리기 전에 몸을 혹사시킴으로써
마음을 씻는 것이다.
잡념을 사라지게 만드는 것이었다.
그것이 108배의 의미였다.

우리는 늘 머리가 무겁다.
대부분 잡생각 때문인데
진짜 해야 하는 기도는, 혹은 고민은
이런 잡념들이 사라지고 난 뒤 남는 것이다.

마음이 납처럼 무거워질 때면 나는 생각한다.
'음…때가 됐어!'
등산화를 챙겨 신고 산에 오르든
집 안을 온통 뒤집어 대청소를 하든
춤을 추든
한껏 몸을 움직인다.
그렇게
몸과 마음을 가볍게 만들 필요가 있다.
적당한 노동은 내 몸을 가볍게 만들어준다.

가장 어려운 것을 이겨낸 순간

내가 수영을 처음 배우게 된 건 다섯 살 때 일이다.
아주 오래 전 일인데 아직도 기억이 생생하다.
나보다 열 살이나 많은 우리 큰 언니는 수영을 잘했다.
나는 언니에게 수영을 가르쳐달라고 했다.
호탕한 큰언니는 성격처럼 시원스럽게 말했다.
"걱정 마. 내가 가르쳐줄게."

멋들어지게 수영장을 가르며 수영하는 사람들이 부러웠다.
나도 언젠가는 저렇게 수영할 날이 오겠지.
어느새 언니도 사람들 사이로 사라져 버렸다.
그리고 물을 가르며 신나게 수영을 하고 있었다.
언니도 나를 가르치는 것보다
놀고 싶은 마음이 더 컸을 테니까.

잠시 후 언니가 나를 부른다.
물 안으로 들어오란다.
아, 드디어 시작이다.
언니가 손동작을 보여주며 어떻게 해야 하는지 알려준다.
나는 따라하기 시작했다.

다음에는 발을 어떻게 해야 하는지 직접 시범을 보여준다.

역시 따라했다.

“잘하네.”

그러더니 내 손을 잡는다.

나는 행여 놓칠세라 언니의 두 손을 꼭 잡는다.

언니는 나를 이끌고 수영장 안쪽으로 들어간다.

조금씩 조금씩.

어? 그런데 이상하다. 바닥에 내 발이 안 닿는다.

깊은 곳인가 보다.

조금 겁이 난다.

하지만 괜찮다. 수영을 잘하는 천사,

우리 큰언니가 잡아주고 있으니까!

수영장 중앙에 도착했을 때에야 언니는 발을 멈춘다.

그리고 내 한 손을 놓으며 말한다.

“자, 아까처럼 해봐.”

비록 한 손은 잡고 있지만, 한 손을 놓으니 무섭다.

잘못하면 이곳 물은 내가 다 먹을 판이다.

하지만 용기를 내본다. 배운 대로 해본다.

열심히 발을 차본다.

그런데, 앗!

슬픈 예감은 왜 늘 틀리지 않는 걸까.

큰언니는 잡고 있던 내 한쪽 손을 야속하게 밀어내고 있다.

그러면서 소리친다.

“그래, 잘하네. 계속 그렇게 하는 거야!”

나는 언니의 손을 끝까지 놓치지 않으려고 바동거렸지만
언니의 손끝은 야속하게 멀어져만 간다.

"잘할 수 있어, 해봐! 그렇게 하는 거야."
하긴 뭘 해!
배운 대로 바동거려는 봤으나 역시 나는 가라앉고 있었다.
물이 꼬르르 꼬르르 코로 입으로 들어온다.
아, 이대로 죽나 보다.
서러움에 복받쳐 눈물이 앞을 가리는 찰나,
갑자기 이런 생각이 스쳤다.
'바닥이 있잖아.'
그래! 바닥이 있었다!
바닥까지 얼만큼 걸릴지는 모르겠으나 가보는 거다.
거기까지 가보면 어떻게든 되겠지.

그 나이에 어떻게 그런 생각을 했는지, 대견하다.
나는 숨을 참으며 바닥까지 가라앉았고,
발바닥에 수영장 바닥이 닿는 느낌이 나는 순간,
얼른 박차고 솟아 올랐다.
풀 안에서 보는 태양이란!
본 사람만이 알 것이다. 그것이 얼마나 벅찬 감동인지를.
그렇게 서른 번쯤을 오르락내리락 하며
나는 겨우 수영장 끝까지 올 수 있었다.

수영장 벽이 손에 닿았을 때에야
겨우 놀랐던 가슴을 쓸어 내렸다.
죽다 산 것이다.
언니가 참으로 괘씸했다.
내가 좋아하는 막대 사탕도 주었건만.
나는 매운 코를 잡고 울먹이며 언니를 찾았다.
언니, 걸리면 죽었어!
그런데 갑자기 어떤 생각 하나가 내 머리를 스쳤다.
그런데 가만. 내가, 내가 수영을 했잖아!
내가 수영을 했다. 내가 수영을 한 것이다.
이게 수영인지는 모르겠지만
어쨌든 나는 혼자서 수영장을 건너왔다.
희한한 무언가가 느껴진다.
자신감이란 녀석이 말이다.
생사가 걸린 곳에서 나는 그렇게 수영의 첫 걸음을 뗐다.
아주 진하게.

사자는 자식이 태어나면 절벽에서 떨어뜨려 본다고 한다.
그중 살아남는 새끼를 키운다던데
언니도 나를 그렇게 가르친 건가?
어쨌거나 그런 언니 덕분에
나는 아주 빠른 시간에 수영을 배우게 됐다.

수영할 때 가장 어려운 것이
바로 물에 대한 공포를 이겨내기라는데,
나는 가장 어려운 것을 스스로 이겨냈다

이후 나는 수영장을 자주 놀러 다녔고
사람들을 보면서 영법을 터득했다.
그중 가장 좋아했던 것은 바로 배영이다.
배영을 하게 된 것은 아홉 살 때였다.
수영장에 갔다가 문득 그런 생각을 하게 됐다.
물에서 죽으면 왜 다 뜨는 걸까.
그래서 실험을 해보기로 했다.
만약 내가 숨을 안 쉬면, 물에 뜰까?
적당한 깊이의 물에서 나는 숨을 멈춰봤다.
처음에는 몸이 가라앉았다.
그러다, 어? 신기하게도 몸이 떠오르는 게 아닌가.
그렇게 둥둥 떠 있는 게 신기해서
숨이 모자랄 때까지 그렇게 떠 있었다.
그렇게 하기를 몇 차례, 갑자기 누군가 나를 확 잡아챈다.
안전요원이었다.
내가 놀라서 눈을 똑바로 뜨니 안전요원이
악! 소리를 지르며 더 놀랜다.
시체인 줄 알았던 모양이다.
내가 그러고 한참 있었으니 그럴 만도 하다.

그래도 나의 실험은 계속되었다.

이번에는 뒤로 누워봤다.

역시 가라앉는다.

어디 보자, 다른 사람들은 어떻게 하는지.

사람들이 벽을 발로 차고 나간다. 아, 저것이구나.

그렇게 따라 해보니 가속도도 붙고 균형 잡기도 쉬웠다.

그렇게 나는 배영을 터득했다.

두려움을 걷어내고 물에 나를 맡길 때

물은 나를 받아준다.

바람에 내 마음을 싣듯

그저 느껴지는 대로 맡겨 볼 때,

세상도 나를 받아준다.

내 몸을 보호하기 위해 온 힘을 쏟지만

그것이 나의 성장을 막는 일일 수도 있다.

두려워하지 않기

경계하지 말고 그저 몸을 맡겨 보기.

그렇게 세상을 온몸으로 만나기.

다섯 살 때 배운 이 지혜를 너무 자주 잊어버리는 건 아닌지,

반성해본다.

인생의 중요한 비밀

10년 전 스쿠버다이빙 자격증을 따기 위해
필리핀에 간 적이 있었다.
우리 언니랑 내 친구들이랑 가열차게 연습하며 며칠을 보냈다.
그러다 우연히 식당에서 트랜스젠더 몇 명과 마주쳤다.
우리 드라마를 봤던지 나를 알아보는 게 아닌가.
사인을 해주며 대화를 하게 됐는데,
그때 그들이 나에게 해줬던 말이 아직도 기억에 남아 있다.
그 언니(?)들은 나를 무척 부러워했다.
여자가 되고 싶은 그녀들에게 여자인 나는 부러움의
대상이었으리라.
어떤 한 분이 내게 말했다
"너는 여자로 축복 받으며 태어나서 왜 이렇게 안 꾸미고 다녀?
너~ 그건 죄야~."
당시 나는 옷도 헐렁하게 입고 다녔고
평소에는 화장도 거의 안 하고 다녔다.
여자라는 걸 전혀 내세우지 않는 그래, 나는 힙합 여전사였다!
그때는 그게 멋지다고 생각했고, 우선 내가 편했다.
'내 모습이 어때서?
내가 좋은 대로 사는 거지 뭐. 당신들이 그런 것처럼.'

그분이 너무 얄미운 말투로 이야기했기 때문에
나는 '흥!' 하고 그냥 흘려버리고 말았다.
그때는.
그런데 「미인도」라는 작품을 찍으며 불현듯
그때 그 말들이 떠올랐다.

20대의 나는 남자들처럼 강해지고 싶었다.
어쩌면 여자라는 것을 의식적으로 거부했는지도 모르겠다.
그러다 20대의 마지막에 만난 「미인도」라는
통로를 지난 후 나는 진짜 여자가 되었다.
사랑에 대해 진하게 공부를 했기 때문일까?
나처럼 자신의 성을 숨기며 혼동하며 살았던
윤복이가 여자의 성을 선택했을 때
나 역시 더 이상 여자이기를 부끄러워하지 않게 되었다.
그때부터 나는 나를 위해 여자로 살기로 마음먹었다.
나를 위해 하이힐도 신고,
나를 위해 치마도 입고
나를 위해 액세서리도 하고
나를 위해 붉은 립스틱, 아니 립밤을 발랐다.
물론 청바지와 스니커즈가 여전히 편하다.
그래도 이렇게 편한 옷만 고집하다
제대로 꾸며보지 못하고 나이 먹을 생각을 하니
뭔가 억울해졌다.
하이힐도, 화장도, 액세서리도, 원피스, 치마도
평소의 나에겐 불편한 것들이다.

물론 직업상 촬영이나 행사 때문에
화려하고 예쁘게 치장해야 할 때가 많다.
그래서 갈증이 없었는지도 모르겠다.
하지만 정작 나 자신만을 위해 내가 꾸며보기는 해봤을까?
불편하다 해서 평생 안 하고 지내다가
정작 나이가 들었을 때 후회하지 않을 자신 있는가?
이 질문에 대답이 쉽게 나오지 않았다.

그래서 요즘 나는
일부러 가끔 원피스에 힐을 신고 외출한다.
아직도 편하지는 않지만,
내 앞에 놓인 모든 순간들을 즐기기 위해서다.
여자라는 사실, 그리고 지금 이 시간을.

「댄싱 위드 더 스타」를 하면서 나는 행복했다.
여자로서 표현할 수 있는 감정과 선, 몸짓,
또 보여줄 수 있는 화려한 모습들.
그것을 나는 온통 즐겼다.
그때 그 트랜스젠더 언니들이 이 모습도 보고 있을까?
나에게 소중함을 일깨워줬던 그들.
인생의 중요한 비밀을 알려준 당신들!
고마워요!

718-802-3110

어느 날 엄마가 그러셨다.

네가 네 살 적엔 말이야, 내가 부엌에 있는데
대뜸 연필과 종이를 건네면서 그러더라.
"엄마, 이건 뭐라고 써요?"
"응. 그건 숟가락이라고 써."
"엄마, 그럼 이건 뭐예요?"
"응. 이건 솥뚜껑이야."
"여기다 써주세요."
이렇게 졸졸 따라다니면서 물어보고는
하루 종일 그걸 따라 쓰며 놀았단다.

네가 여섯 살엔 말이다.
주산학원을 처음 다녀와서는 자다가 잠꼬대를 하는데
글쎄 1부터 100까지 차근차근 말하지 않더냐.
신기해서 나도 옆에 앉아 끝까지 세었다.

네가 일곱 살이었을 때야.

한 살 많은 네 사촌언니가 먼저 학교에 다니니까

니가 무척 부러워했지.

“언니, 학교에서 뭐 배워?”

“음, 그냥 이것저것.”

“이것저것, 뭐?”

“산수도 배우고 국어도 배우고

음악도 배우고 체육도 배우고 등등”

“등등이 뭐야?”

“음, 이것저것이란 뜻이야”

“아, 그렇구나, 한글도 배워?”

“응”

“그래? 그럼 나 글 좀 가르쳐줘.”

“음, 그럼 이거 외워 봐. 되게 어려운 거야. 퓻말!”

“와. 뭐가 이렇게 복잡하게 생겼냐….”

“다음에 올 때 물어볼 테니깐 외워야 해!”

“응 알았어.”

너는 궁금한 것도 뭐가 그리 많던지 연신 질문을 해댔지.

그런 아이였어.

툭, 치면 눈물이 뚝 떨어질 것 같은 황소 같은 눈으로 똘망똘망.

너는 그런 아이였단다.

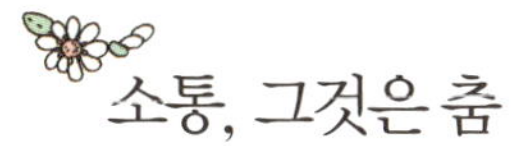

소통, 그것은 춤

사람이 풍기는 향기이자
몸이 보여주는 아름다움
말과는 다른
또 다른 표현이자 소통

그것은 춤

뜨겁게, 또는 희미하게

어둠 속에서 겨우겨우 빠져 나오던 그 시기
나는 그런 생각을 했다.

우린 태어나는 그 순간부터 각자의 무대에 오른 것이라고.

무대의 시작은 태어남과 동시에 시작이 된다.
무대의 마지막은 내 삶이 끝나고
내가 눈 감는 그 순간이 될 것이다.
그때까지 우린 자신만의 춤을 추어야만 한다.

세상에 처음 나와 울음과 동시에 뱉어내던 첫 공기
두렵고 설레던 세상 앞으로 나아가던 첫 걸음
그 걸음을 시작으로 무대는 본격적으로 시작된다.
두려워 할 필요는 없다.
이곳은 철저히 나를 위한 무대이니깐.
가다 넘어져도 되고, 펑펑 울어도 되며,
몇 날 며칠을 주저앉아 있어도 된다.
이 모두가 극의 일부니까.
극의 주인공은 나다.

극을 위한 시나리오는 애초에 없었다.
오로지 나에게만 맞춰져 있는 핀 조명.
내가 연출하고 내가 무대장치를 하며 내가 주인공이다.
그래서 두렵긴 하지만 자유롭다.

나는 아장아장 걸으며 성장을 한다.
맑은 웃음 짓다가도 때론 좌절감을 느끼며 펑펑 울기도 한다.
미친 듯 소리도 질러보고 끝없이 달려보기도 한다.
세상에서 가장 큰소리로 깔깔거리기도 하며
비틀비틀 쓰러져보기도 한다.
때론 조명이 사라져버린 듯해 버림받은 느낌이 들어서
두렵고, 그만두고 싶은 충동도 생길 때가 있지만
괜찮다.
실컷 울고 다시 일어나 조명 쪽으로 내가 가면 되는 일이다.
사랑하는 사람과 뜨겁게 사랑도 하고
일에 치여 좌절도 해본다.
걱정하지 마라. 다 극의 한 부분인 거다.

즐기는 것도 관람하는 것도 모두 다 나를 위한 것이다.
어두운 무대에 혼자 버려졌다고 두려워하거나 슬퍼하지 마라.
이 무대엔 처음부터 나 혼자였다
나는 이 모든 것을 즐기기만 하면 되는 거다.

힘들다고 중간에 무대에서 내려가지는 말자.
그렇게 힘들면 그냥 잠시 무대에 앉아 쉬면 되니까.
물을 마셔도 되고 누워서 잠을 청해도 좋다.
다 극의 일부이니 두려워하지 말자.

그렇게 내 삶을 위한 나만의 춤을 추는 것이다.
너는 너대로 나는 나대로.
각자의 시나리오대로
마음 내키는 대로 나의 삶을 노래하고 춤추면 된다.
나의 소리로
너의 소리로
그냥 마음이 시키는 대로 마음껏 뱉어보는 것이다.

뜨겁게,
또는 희미하게,
재가 되어 산산이 흩어지도록
그렇게.

분홍신

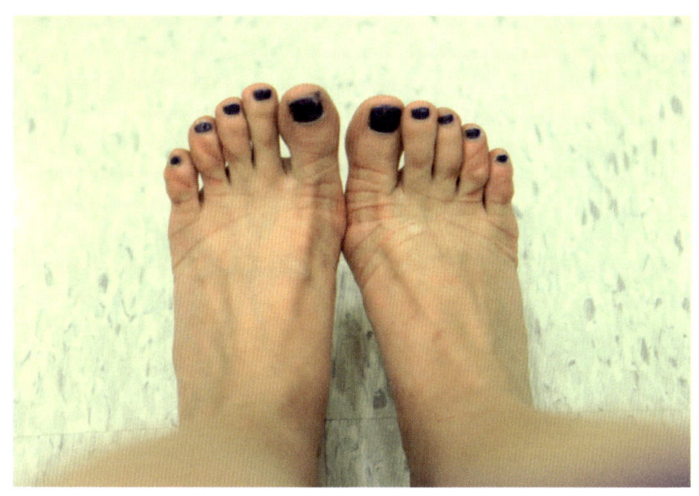

내 발은 지금
야생으로 변신 중!

「댄싱 위드 더 스타」 첫 방송을 마친 지금,
걷기도 힘들다.
신발이 좀 작게 나와서
그 신을 신고는 서 있는 것조차 무척 아프다.

그런데도
음악이 흐르면 나도 모르게 춤이 절로 나왔다.
마치 '분홍신'을 신은 것처럼.

나는 매일 기적을 경험하고 있다.
삶의 활력,
가슴속 밑바닥에서 서서히 올라오는 뜨거운 그 무엇.

즐겁다.
온몸이 욱신거리지만
나는 지금 내가 아는 이곳에서
내가 알지 못하는 미지의 어느 곳으로 옮겨가고 있는 중이다.
그래서 감사하고 즐겁다.

마지막까지 최선을 다 할 것이며
한순간도 아끼지 않고 즐겨볼 테다.

멋진 무대
나의 무대가 되었으면 좋겠다.

나에게 벗어난 도전

지금까지 내가 아는 나로 살아왔으니
지금부터는 나에게서 벗어나 도전을 해보자.
모험을 해보자.
내가 아는 나는 변할 것이다.

한 번 사는 인생
무엇이 두려워 꼭 쥐고 산단 말인가.
나를 믿고 나에게 기회를 줘보자.

내가 어디까지 뛰어오를 수 있는지
누가 알 수 있단 말인가.
나도 모르는 일.
그러니 알 수 있게 나 자신에게 기회를 주자.

믿어라.
자신을 믿어라.
남을 위해서가 아니라
나 자신을 위해서 믿어라.
나를 믿어라.

area
pedonale
VERITÀ!
IL KOSOVO
È SERBIA
ATI CONTRO
DO
NO I

땀이 흠뻑 나도록

움직이자.

걷고 뛰고 땀을 내자.

주저앉아 생각에만 빠져 있으면

생각이 생각을 불러서 고민도 커진다.

일어나 움직이자.

무작정 나와서 걸어보자.

산비탈을 오르며 걷고 또 걷자.

몸이 바빠지면 고민은 자연히 잊혀지게 된다.

잠시일지라도 안 하는 것보다 낫다.

당장 움직이자.

땀이 흠뻑 나도록!

댄싱 위드 더 스타

"어머, 이게 뭐예요? 멍 좀 봐, 너무 아프겠다."
한동안 사람들이 내 다리를 보며 이렇게 말했다.
무릎이며 종아리에 멍 자국이 시퍼렇다.
춤을 추며 생긴 생채기들이다.
나는 이렇게 대답해준다.
"전혀 아프지 않아요. 잘 놀다 생긴 영광의 상처들이에요."
그리고 덧붙인다.
"깨지고 넘어져서 무릎에 피가 난대도 상관없어요."
정말 그런 기분이었다.
몇 번이나 더 넘어져도 나는 상관없었다.

처음 「댄싱 위드 더 스타」의 제의가 왔을 때
일정 때문에 절대 가능하지 않은 상황이었다.
그래서 세 번이나 거절할 수밖에 없었다.
그랬던 내가 전격적으로 출연을 결정할 수 있도록
결정적인 영향을 미친 건
바로 김영철 선배님이다.
김영철 선배님이 참가한다는 소식이 들리는 게 아닌가.
그때, 나는 '나는 무조건 해야겠네.' 하는 생각을 했다.

또 하나는 「나는 가수다」라는 프로그램이었다.
남부럽지 않은 경력의 가수들이 다시 가슴 두근거리며
첫 마음으로 서는 무대.
그 모습을 보면서 나도 즐겨보기로 했다.
도전을!
다른 사람의 시선이 아니라
내 눈으로 내 무대를 바라보기로 했다.
그래서 결정하게 된 것이다.

춤추는 것 자체를 좋아했지만,
한 번도 배운 적이 없었기 때문에 기대 반, 두려움 반이었다.
하지만 내가 얻은 것은 희열이다.
본 무대에 서면 정신이 나갈 정도라
내가 어떻게 소화했는지 기억이 안 난다.
하지만 굉장히 즐겁다.
영화 「여인의 향기」를 보며 감탄한 탱고를 내가 직접 추다니!
내가 언제 또 사람들 앞에서 킥을 차고
공중에 던져져 리프트 동작을 해보겠나.
매일 춤 연습에 웨이트 트레이닝까지 하느라
어깨가 뭉쳐 마사지를 받고 있지만
변화하는 과정 속에서 활력을 찾게 되었다.

난 배우는 것을 좋아한다.
여배우가 된 덕분에 뭔가를 단기간에 배워
내 것으로 만들 기회도 많다.
영화 「미인도」 때는 그림을 배웠고,
이제는 「댄싱 위드 더 스타」에서
각종 댄스스포츠를 익히게 된 것이다.

사람들은 내가 무대 위에서 춤을 즐기고 있는 것처럼
보인다던데, 실은 속은 것이다.
1위를 했던 탱고 미션 때도 중간부터 정신을 잃었다.
중간부터 끝까지 어떻게 했는지 기억이 안 난다.
치열해보이는 얼굴이지만 사실 정신이 나간 얼굴이다.

나는 춤을 추며 파트너와의 호흡도 배웠다.
연기에도 호흡이 중요하다.
하지만 연기는 혼자 준비한다.
그런데 이 댄스는 파트너가 있다.
내가 정신을 잃었는 데도 파트너가 이끌어주니
연습한 대로 몸이 움직였다.
연기와는 또 다른 호흡을 배우게 된 것이다.

몸과 마음을 온전히 바쳐 춤을 추다 보면
내 마음속 응어리들이 풀어지는 것 같다.
그래서 더 즐겁다.
이 프로그램을 거친 뒤 나는 대담해졌다.
예전에는 남들이 나를 어떻게 볼까 신경 썼다면,
이제는 내가 나를 어떻게 보고 있는지가 중요해졌다.
스스로 많이 자유로워졌다고 할까?
「댄싱 위드 더 스타」도 그렇고 「풍산개」도
그렇고 모두 다 나를 위한 선택이었다.
내 근성이 다시 표출되기 시작했다.
이제부터 어디 한 번 제대로 즐겨 봐야겠다.
내가 어디까지 할 수 있는지 스스로 시험해보고 싶다.
이미, 나는 많이 달라졌다.
나는 이미 즐기고 있다.
이 무대를, 이 순간을,
인생을.

엄마를 보러 추석맞이 성묘를 하고 돌아오다가
배가 고파 칼국수 집에 들렀다.
아주 맛있는 식사를 한 후
계산을 하려는데
주인아주머니께서 돈을 안 받겠다고 하신다.
"스케이트 타는 거 잘 봤어요." 하시며.

'스케이트가 아니고 댄스스포츠인데…' 라는 말은
차마 못했다.
대신 민망한 웃음만.

칼국수를 먹을 때 이미 서비스로
도토리 전병까지 주셨으면서 말이다.
괜찮다고 꼭 계산하겠다고 하는데도
굳이 마다하셨다.
사인 두 장과 나의 스케이트 솜씨(?)로
맛있는 공짜 밥을 얻어먹은 순간이다.

내가 잘 살고 있는 것인지 가끔은 두려울 때가 있다.
인간이라 그런지 의심병도 자주 돋는다.
하지만
오늘 같은 작은 기쁨의 조각이
그때마다 나를 지켜줄 것이다.

여전히 나는 내가 잘 살아가는지 모르겠다.
하지만
내 가슴이 옳다 믿는다면
그것이 가시밭길이라도 나아가는 것이 맞는다고 본다.

앞으로는 더더욱
내 심장이 원하는 길로 가려 한다.

내가 나를 위하는 길
그것은 곧 당신을 위한 일이기도 하다.
나는 그렇게 믿는다.

심장의 리듬

세상은 리듬으로 가득하다.
대화 속에도 있고, 걸음걸이에도 있고,
생각 속, 숨소리, 차의 엔진, 바퀴 구르는 소리, 심장소리,
그리고 공기 속에도 있다.
모든 것이 리듬으로 통하고 이어진다.

나는 가끔 눈을 감고 내 심장소리를 듣는다.
쿵쿵쿵
나의 심장소리는 남들보다 작다.
그리고 조금 빠르기도 하다.
가끔 시간 내어 나의 심장소리를 들어본다.
심장에도 리듬이 있다.
나만이 가진 리듬, 나 혼자 내는 리듬 하나.
그 하나가 너를 만나 또 하나의 소리가 된다.
누군가와, 혹은 무엇인가와 만나 드디어 박자가 되는 순간이다.

리듬.
온 세상이 나와 만나 만들어 내는 소리들.
나는 그 리듬이 참으로 좋다.

시간의 자국

신발장에서 내 댄싱슈즈를 꺼내본다.
하나는 「댄싱 위드 더 스타」 첫 번째 시즌에 신었던 것,
또 하나는 그로부터 1년 후인 지금,
스페셜 프로그램을 위해 연습하며 새로 산 것.
가죽으로 만들어진 바닥에
발가락 자국의 깊이가 다르구나.
내 땀의 자국, 시간의 자국.
찡하다.

물집 잡히고 터지고 굳은 살 생기고,
그 안에 다시 물집이 생기고 터지고 굳은 나의 살들.
그래서 조금 두꺼워지고 단단해진 내 발들.
짧지만 길었던 시간.

다시 신발을 벗으면 조금씩 말랑하게 변해가겠지만
그 시간들, 그 상처들.
잊지 못할 거야.
너희들과 함께했던 뜨거운 내 한 시절.

가만히,
천천히

마음이 지칠 때면

마음이 지칠 때면
나는 불쑥 할머니 댁에 간다.
가평 산자락 끝에 있는 할머니 댁에는 없는 것이 없다.

봄이면 할머니는 온 산을 데리고 다니면서 봄나물을 알려주신다.
곰취, 더덕, 취나물, 두릅,
마트에서 사먹기 정말 아까운 돌나물, 도라지 등등.
열무, 배추를 비롯해 뽕나무와 각종 한약재, 버섯, 블루베리까지,
없는 것이 없다.
할머니는 하나하나 그 자리에서 알려주신 후
직접 따서 내 입에 넣어주신다.
산이 내 안에 고스란히 들어오는 느낌이다.
워낙 청정지역인지라 씻지 않고 그냥 먹어도 맑디맑다.
그곳에는 일급수에서만 서식하는 도롱뇽도 사는데
봄에서 여름으로 넘어갈 때면
도롱뇽들이 사방에 낳은 알이 시골집 강아지의
간식거리가 되기도 한다.

겨울에 가면 더욱 운치가 있다.
조용히 눈 내리는 풍경을 하염없이 음미하다 보면
산이 내가 되고, 내가 산이 된다.

할머니의 집까지 연결되어 있는
꼬불꼬불한 비포장도로는
눈이 오면 차가 올라갈 수도 내려갈 수도 없게 된다.
그러면 나는 서울에 '고립되었다' 는 연락을 하고
몇 날 며칠을 꿈꾸듯 그렇게 지낸다.
깨고 싶지 않은 꿈이다.

어느새 차가워진 바람.
도토리가 지천으로 굴러다니는
가을 산의
쌉싸름한 냄새가
벌써부터 나를 부른다.

충만해서 조급하지 않은

지금은 비행기 안.
방금 식사시간이 시작되었다.
승무원들이 음식을 가져다준다.
별로 배가 고프지 않아서 나머지 음식은 돌려보내고
과일 몇 조각만 먹는다.

여유란 그런 것.
충만하면 조급하지 않다.

끼니를 충분히 먹었을 때는
다음 식사에 허겁지겁 먹게 되지 않는다.
단맛 가득한 디저트의 유혹에도
도도하게 고개 돌릴 수 있다.

미리 든든하게 채워놓는다면
급히 서둘러 무언가를 하지 않아도 된다.
그것이 바로 여유다.

그러므로
마음이 조급할 때는 먼저 돌아볼 것.
채워야 할 것을 충분히 채우지 않은 건 아닌지,
해야 할 것을 미처 하지 않은 건 아닌지.
가득 차면 고요하다.
충만하면 조급하지 않다.

행간 읽는 즐거움

글과 글 사이에
마음이 숨어 있다.
글쓴이의 마음과 인물의 마음, 그리고 나의 마음이.

나의 직업은
대본을 읽고 작가의 마음을 이해하고
그 안에 품은 보석을 찾아 세상에 보여주는 일이다.
행간 읽는 것을 게을리하면 안 되는 직업이다.
행간을 읽는다는 건
어렵고도 재미있다.
단어와 단어 사이,
줄과 행 사이,
쉼표와 마침표 사이,
그 안에 세상이 들어 있다.
하지만 시간과 마음을 들이지 않으면
그 무한한 세상을 만날 수 없다.

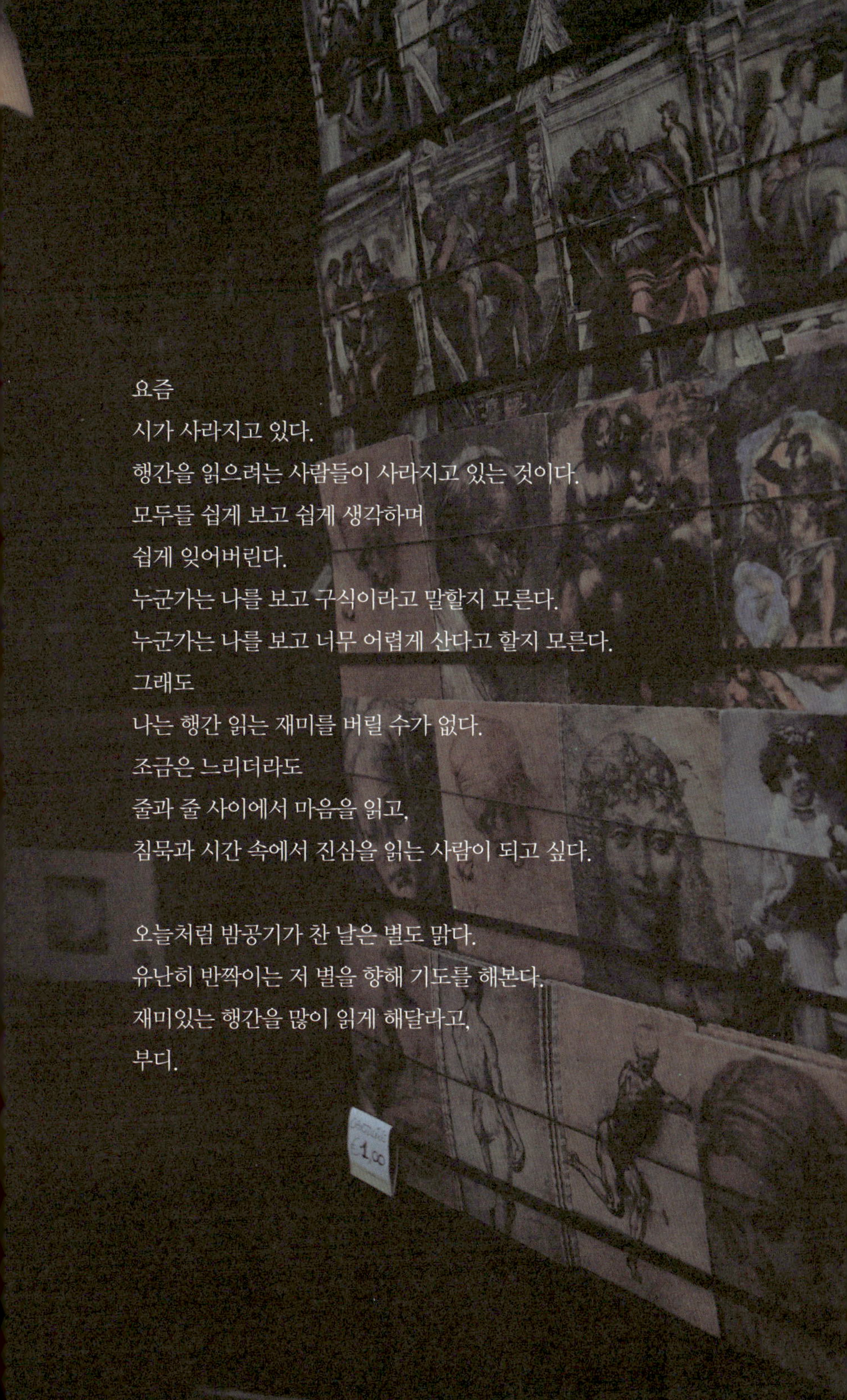

요즘
시가 사라지고 있다.
행간을 읽으려는 사람들이 사라지고 있는 것이다.
모두들 쉽게 보고 쉽게 생각하며
쉽게 잊어버린다.
누군가는 나를 보고 구식이라고 말할지 모른다.
누군가는 나를 보고 너무 어렵게 산다고 할지 모른다.
그래도
나는 행간 읽는 재미를 버릴 수가 없다.
조금은 느리더라도
줄과 줄 사이에서 마음을 읽고,
침묵과 시간 속에서 진심을 읽는 사람이 되고 싶다.

오늘처럼 밤공기가 찬 날은 별도 맑다.
유난히 반짝이는 저 별을 향해 기도를 해본다.
재미있는 행간을 많이 읽게 해달라고,
부디.

내가 느끼고 싶은 것들

눈을 감아 봐, 나뭇잎이 바스락거리는 소리가 들려.
숨을 쉬어 봐, 공기에도 냄새가 있지.
눈을 뜨고 하늘을 봐, 구름이 모양을 바꾸고 있어.
손을 뻗어봐, 바람이 손끝에 잡혀.

이것이 내가 느끼고 싶은 세상.
내 안으로 흐르는 세상.

세상은 커다란 학교

오래 전 우리 큰 아버지는 영덕에서 조금 큰 민박집을 하셨다.
덕분에 우리는 여름방학 때마다 그곳으로 여행을 갔는데
민박집에서 각자 방을 쓸 정도였으니
우리에게 사치스러운 여행이었다.
민박집 옆에는 나이트클럽이 있었고,
우리 남매들은 오며가며 그곳 냉장고에서
음료수를 내것인냥 꺼내 먹었다.
그때 거기에서 처음 맛보게 된 것이
바로 밀키스와 맥콜이었다.
그 여름의 맛을 어떻게 잊을 수 있을까!

민박집에서 지내다 지루해지면,
우리는 해변에 텐트를 치고 하루 이틀 야영도 했다.
민박집에서 지내건 텐트에서 지내건
우리에게 빠질 수 없는 놀이는 바로 수영이었다.
그때는 수영장에서 기초를 닦아놓은 상태라
무서울 것이 없었다.

하지만 바다는 달랐다.

으르렁 거리는 파도는 나를 집어삼킬 것 같았고

소금물은 너무 짜서 눈을 뜰 수가 없었다.

결국 나는 유려하게 수영하는 사람들을

부럽게 쳐다만 보며 해변을 맴돌았다.

그러던 중 갑자기 내 발에 뭔가가 잡혔다.

"이게 뭐지?" 하고 꺼내어 봤더니 바지락 조개였다.

"뭐야" 하고 던지려는데 셋째언니가 나를 막는다.

"던지지 마. 그거 주울 거란 말이야."

"그러시던지!"

나는 어깨만 으쓱하고 말았다.

'소라껍질도 아니고, 조그만 조개를 갖고 뭘 하겠다고, 쳇!'

점심시간이 되었고 큰어머니가 부르는 소리에

우린 한걸음에 달려갔다.

한참 동안 놀아서 몹시 배가 고팠던 나는

물에 흠뻑 젖은 상태 그대로 수저만 들고 제일 먼저 뛰어갔다.

그리고 허겁지겁 밥을 입에 넣었다.

조개들이 잔뜩 들어있는 국물도 참 개운하고 맛있었다.

그런데 이 맛있는 조개, 어디서 많이 보던 거다.

물어보니 바로 내가 던졌던 그 조개라는 게 아닌가? 바지락!

그때 처음 알게 되었다.

자연은 쓸모 없는 것이 없다는 것을 말이다.

그 보잘것없던 녀석이 이렇게 진하고 깊은 시원한 맛을 내다니.

이 바지락이란 녀석 덕분에 나는
의젓한 깨달음도 얻었지만 또다른 수확도 있었다.
잠수도 배우고 바다에 대한 애정도 커졌다는 것이다.
그날 점심 이후, 나는 언니보다 더 열심히
바지락을 찾기 시작했고 더 굵고 실한 바지락을 얻기 위해
조금씩 더 깊은 바다로 들어갔다.
그러다보니 자연스럽게 바다에서 잠수하는 요령도 터득했다.
숨을 참는 건 다소 힘들었지만,
그렇게 들어간 조금 깊은 바다는
참았던 숨만큼이나 값진 선물을 내게 주었다.

이유 없이 존재하는 것이란 없는 세상.
세상은 커다란 학교다.

휴식을 주는 놀이터

어린 시절부터 나는 산이 익숙했다.
우리 남매들은 계절마다 산이 무슨 옷으로 갈아입는지
그 안에서 우린 무얼 얻어 갈 수 있는지 잘 알고 있었다.
관악산 기슭에 살면서
틈만 나면 산에서 뛰놀았던 덕분이다.

봄에는 두릅을 비롯해 각종 봄나물을 따고,
여름에는 시원한 계곡에서 멋들어지게 수영을 하거나
가재와 버들치를 잡느라 풍덩거렸다.
계곡물에 담가 놓은 수박을 손으로 쪼개 먹는 맛은 일품이었다.
가을에는 포도에서 시작해 밤이랑 감까지
들과 산에는 맛있는 간식 천지였다.
나무 주인이 누구든 간에 산 안에 있으면 그건 우리 것이었다.
겨울에는 눈과 얼음으로 옷을 갈아입은 하얀 산.
언니랑 나는 동면하러 들어간 개구리를 찾기도 했고
얼음 아래로 졸졸 흐르는 물소리를 들으며
미끄럼도 타고 놀았다.
우리 셋째언니는 좀 사내 같은 구석이 있어서
남자애들이 하는 거라면 지지 않고 해내고야 말았다.

언니랑 함께 방을 쓰는 나는 늘 룸메이트의 꼬임에 넘어갔고
덕분에 우리가 갖고 노는 것,
하고 노는 것은 다 사내아이들의 것이었다.
식구들도 내가 얌전하고 내성적이라 생각했지만,
산에서만은 달랐다.
겁도 없이 가장 높은 나무에 오르던 건 바로 나였으니까!

산은
늘 그 자리에 있어주는 우리의 놀이터였다.
새소리, 물소리, 바람소리, 나뭇가지에 부서지는 햇살 소리,
그리고 우리의 웃음소리까지.
산이 품고 있는 것은 그리도 많았다.

자연은 늘 내 곁에 있어 주었고
숨이 가빠질 때마다 내게 휴식을 주었다.
상처가 나도, 절뚝거려도,
품에 안고 치유해준다.
아낌없이 주는 그 모습이 늘 변함없다.
나는 자연이 좋다.
자연스러운 것이 참 좋다.

내일이 두렵지 않다

"너 요즘 왜 일을 안 하니? 뭘 그렇게 따지는 거야?"
"요즘 어떻게 지내고 있어? 작품 안 해?"

'작품을 안 하고 싶어 안 하나?
말은 바로 하라고,
안 하는 게 아니라 못 하는 거지.
이것저것 따지는 것이 아니라
하나도 안 들어와. 하나도.'

나도 살아야 하는데, 살고 싶은데
길은 자꾸 절벽 끝으로만 향해 있던 날들.
내일이 두려웠다.
매일 아침 눈을 떠 무얼 해야 할지 막막하고 두려웠다.
늘 절벽에 매달려 손끝으로 버티는 심정으로 하루를 보냈다.
내일 역시 그래야 한다는 사실이 너무나 두려웠다.

하고 싶은 게 참 많던 아이였다.
번뜩이는 아이디어도 샘솟았고
의욕도 넘치고 의지도 강하고
추진력도 대단했다.
그런데 어디서부터 꼬인 걸까?
독하다 싶을 만큼 열심히 살았는데
하루아침에,
나의 재능을 사주는 이 하나 없는 처지가 되다니.
두려운 마음에 방문을 걸어 잠그고
이불 속에 숨어들어 눈물짓는 나날의 연속이었다.
내 인생은 막다른 길목에 놓여 있었다.
억울했다.
어깨 한 번 펴보지 못하고
일어서기조차 두려워하고 있는 내가 억울했다.
'이대로는 아니야. 뭔가 잘못됐어.
이렇게는 안 돼. 하지만 두려워.'

방바닥에 누워 생각에 생각만 거듭하고
수천 번의 울음을 내뱉은 뒤에야
주섬주섬 일어설 수 있었다.

그때부터 산에 오르기 시작했다.
한 발을 떼는 데도 온 힘을 다해야 했지만
억지로 몸을 움직이기로 했다.
살아야 했으니까.
어디라도 좋았다.
그냥 눈앞에 산이 보이면 무작정 올라갔다.
경치나 풍광을 염두에 두고 오른 게 아니었다.
답답하면 새벽 3시에도 집을 나섰다.
걷는 것만으로 모자라 뛰어서 오르기도 했다.
그래야 숨을 쉴 수 있을 것 같았다.

그런데
산이 나를 변하게 했다.
저 멀리 보이던 봉우리도
한 발 한 발 오르면 어느 새 내 발 아래 있었다.
깎아지른 낭떠러지도 산을 이루는 일부였다.
산에 오르며 비로소 깨달았다.
나에겐 언제나 변명이 많았음을.

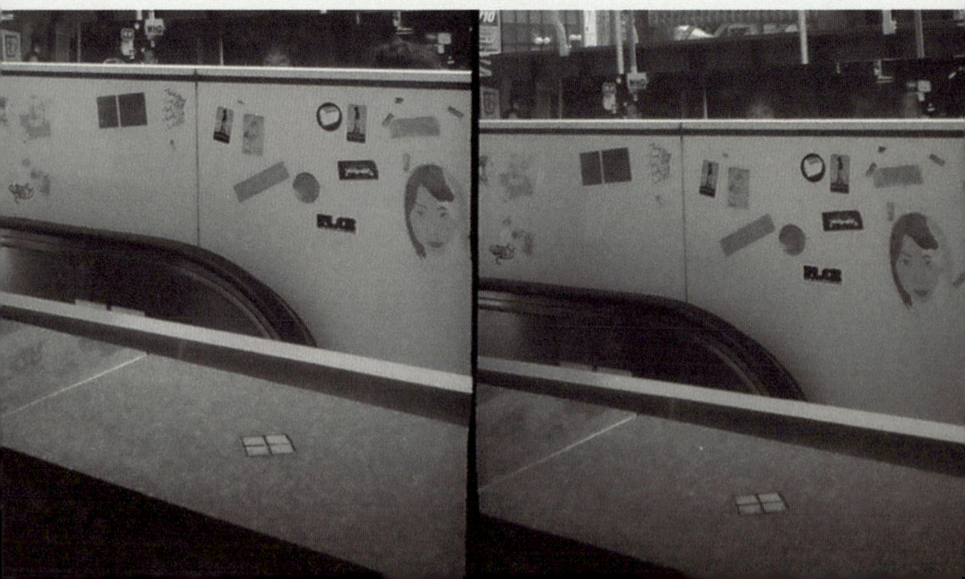

'남 탓하지 말자.
부족한 나를 탓하자.
그냥 열심히 하자.
작은 일 하나에도 열정을 다해보자.
벼랑끝에 선 듯 최선을 다해보자.
하나씩 하나씩 모이면 언젠가는 그만큼의 힘이 될 거야.
자, 이제 일어나는 거야.
내가 나한테 주는 아픔은 이 정도면 충분해.'

두 발이 묶인 듯 누워만 있던 내가
겨우 일어나 두 발로 걸었을 때
세상도 다른 모습으로 내 앞에 왔다.

오랜 시간이 필요했지만
이제 나는 내 두 다리를 믿는다.
나를 믿는다.
더 이상 내일이 두렵지 않다.

새벽의 찬 공기

시큼한 레몬을 상상만 해도 입 안에 침이 솟는 것처럼,
나는 새벽의 찬 공기를 상상만 해도 몸에 소름이 돋는다.
어린 시절의 기억 때문이다.

어릴 때 아버지는
아침이면 나와 남동생을 데리고 약수터에 가셨다.
목적은 '아침 운동'이 아니라 '약수'였다.
늘 가족 건강을 염려했던 아버지는
우리 식구 먹을 물은 꼭 산에서 길러오셨다.
그때는 정수기를 쓰던 시절도 아니었고,
물을 사서 먹던 시절도 아니었다.
일주일에 두세 번은 꼭 약수터에 가셨는데
두 정거장 정도 걸어가면 바로
관악산이 있었기 때문에 가능했다.

어린 나에게는 새벽에 산에 오르는 일이 고되고 귀찮기만 했다.
눈에는 졸음이 반쯤 남은 채 아버지 손에
질질 끌려 산을 오른 적도 많다.
그렇게 눈을 감아도 넘어지지 않고
곧잘 다닐 정도였으니 정말 많이 다녔던 것 같다.
어쩌면 지금의 체력은 이때 다져진 게 아니었나 싶다.
나는 푹 자다가도 아버지 발소리는 귀신같이 알아들었고
얼른 이불 속으로 파고들었다.
그러면 아버지는 가끔 그냥 모른 척 넘어가주며
혼자 가실 때도 있었다.
그때의 달콤한 안도감은 무엇과도 비교할 수 없을 정도였다.
어쨌든 그때의 정서가 각인되어서 그런지
새벽의 찬 공기는 지금 생각해도 온몸이 시리다.

새벽 공기를 싫어했던 건 이 때문만은 아니다.
우리 가족은 늦어도 7시쯤엔 아침식사를 했는데
요즘 웰빙이라 불리는 그런 식단이었다.
특히 상추, 깻잎, 고추, 마늘은 늘 상에 올랐는데
이것 역시 내 담당이었다.
약수터에서 돌아와서는 얼른 방으로 뛰어가
온돌바닥에 배를 붙이고 다시 눈을 감고 있으면
어김없이 엄마의 목소리 들려왔다.

"규리야, 깻잎 따와라!"
"왜 맨날 나야, 힝…"
그저 이대로 밥 안 먹고 잠자다 학교 가면 딱 좋겠는데,
야속하게 아무도 내 사정은 봐주지 않았다.

그렇게 투덜거리던 날들이 이제는 한없이 그립다.
화단에서 갓 따온 상추와 깻잎은
지금 생각해도 참 고마운 추억이다.
아침 이슬을 머금은 잎들은 연하고 향긋했다.
차가웠던 새벽공기도 지나고 나니 아프게 그립다.
가끔 그 향수가 코끝에 아른거려 서울 생활 모조리 접어버리고
시골로 내려가고 싶기도 하다.
나도 우리 엄마처럼,
감자도 기르고 고구마도 기르고,
토란에 파, 마늘, 생강, 배추, 열무, 사과, 모과, 감, 자두,
앵두와 대추, 토마토, 호박도 기르면서 산다면
하루하루 얼마나 행복할까.

엄마는 그러셨다.
땅을 밟고 식물을 만지는 사람은 선하지 않은 사람이 없다고.
그래서 우리 엄마는 그리도 선하셨나보다.

새벽의 찬 공기는 지금도 여전히 몸을 시리게 하지만,
그 속엔 엄마가 계신다.
그립고 그립다.

내가 이른 아침에 너를 찾아가도,
내가 늦은 밤에 너를 찾아가도,
이유는 묻지 말고 반갑게
나를 맞아주면 좋겠어.

이유가 중요하지만,
이유가 중요하지 않은 날도 있지.
내가 울고 있거든, 내가 웃고 있거든,
나를 꼭 안아줘.

그래 주면 나는 그냥
기분이 좋아질 거야.

박광수, 『앗싸라비아』 중에서

아날로그 인생

어지럽다.
숨이 가쁘다.
세상의 속도가 어지럽고
정신없는 변화가 숨 가쁘다.

그러면서도 어느새 그 속도에 익숙해진 나를 본다.
인터넷 검색을 할 때도 클릭을 하자마자
화면이 바로 안 뜨면 속이 터진다.
자료를 찾다가 화면이 조금만 천천히 떠도 투덜거린다.
"왜 이렇게 느려!"
그거 몇 초 기다리는 게 대수인가?
급할 일이 뭐가 있다고 그걸 재촉한단 말인가.
빨라진 세상 속에서 참을성마저 잃어버린 게 아닌가,
내 자신을 돌아본다.
내 모양이 마치
사과 씨를 땅에 뿌리고
하루도 못 가 열매가 안 맺는다며 투덜거리는 철부지 같다.

샤프보다는 연필의 사각거리는 느낌을
디지털 카메라보다는 필름 카메라의 거친 느낌을
아직도 스마트하지 않은 내 휴대폰을
책장을 넘기는 손맛을
편의점보다는 재래시장을
인스턴트 음식보다는 공들여 만들어 먹기를
피트니스보다는 등산을 좋아하는 나.
아, 나는 아날로그 인간!

친구들과 대화를 하다 옛 추억들을 이야기하게 되었다.

"우린 숙제 한번 하려면 자료 찾으러 도서관에 가고
서점에도 갔잖아."
"약속시간에 늦을 때는 연락할 길도 없지.
카페 메모판에 어디로 오라고 붙여놓기도 하고,
늦을 것 같을 땐 부랴부랴 길가 공중전화 박스로 뛰어갔는데."
그랬다. 우린 그런 시절을 보냈다.

친구가 도착할 때까지 시간을 때우던 레코드 가게의 음악들,
손글씨로 빼곡히 적어 놓은 전화번호부,
우표를 침으로 붙일 때의 시큼한 풀 맛,
필름을 현상하기 전에 나오던 '밀착'의 짜릿함.
따지고 보면 오래된 일도 아닌데,
이런 것들이 곰팡이 냄새나는 박물관의 자료처럼 느껴진다.

언제부턴가 나는
전화번호를 외우지 않게 되었고
종이에 쓰는 일보다는 매끈한 자판을 두드리는 일이 많아졌고
어떻게 하면 더 잘 찍을 수 있을까 고민하기보다는
이것도 찍고 저것도 찍어서 마음에 안 들면
바로 삭제하고 있었다.
사진관에 들러 어떤 걸 현상하면 좋을까
고민할 필요가 없게 되었고
친구가 보낸 편지가 언제 도착할까
기다리던 설렘도 사라져 버렸다.
편리해서 좋긴 하지만 무언가 빠진듯한 이 공허함.

세상은 앞으로도 더 빨라질 것이다.
하지만 조금 느리게 걸으면 더디더라도
평온함을 얻을 수 있다.
아메리카 인디언들처럼
정신없이 말을 달리다가도 가끔 멈춰서 기다리면 어떨까?
우리 영혼이 못 쫓아오는 일이 없도록.

빠르고 매끈해진 세상 속에서
나는 아날로그 인생을 꿈꿔본다.
몇 계절이 지나 빨갛게 익은 사과는
언제나 기다린 그 시간만큼이나 달고 알찼으니까.

POSTE
PER LA CITTA'
PER TUTTE LE ALTRE DESTINAZIONI
ROMA
E PROVINCIA DI ROMA
PER TUTTE LE ALTRE DESTINAZIONI
SPEDISCI QUI LA TUA CORRISPONDENZA
POST YOUR ITEMS HERE
LUNEDI - VENERDI
Ultimo ritiro
ore 12.00
MONDAY - FRIDAY
Last collection: 12.00 a.m.
SABATO E FESTIVI
Nessun ritiro
SATURDAY, SUNDAY &
PUBLIC HOLIDAYS
No collection
Posteitaliane

산을 아끼는 마음

종종 팬 카페 친구들과 등산을 간다.
관악산도 가고 청계산도 갔으며 북한산도 갔지만
앞으로 가보고 싶은 산이 천지다.
친구들과 맑은 공기를 마시며 함께하는 등반은
상쾌하고 즐겁다.
심장이 터질듯 산에 오른 뒤 맞는 하산 길의 시원함이란!

가끔은 길을 잃기도 하고
가끔은 정상을 코앞에 두고 그냥 내려오기도 한다.
그것이 내가 아닌 모두를 위한 일이기 때문이다.
그렇게 등산 안에서 나는 또 다른 삶을 배운다.
자연 안에서
자연스럽게 사람과 함께하는 일을 배운다.
좋은 사람들과 함께하는 즐거운 일,
그것이 바로 등산이다.

그런데 가끔 눈에 거슬리는 작은 모습들이 있다.
등산을 해본 사람들은 알겠지만
등산객이 많으면 많을수록 바닥에 쓰레기도 늘어난다.
하나씩 주우며 올라가는데도 내려오는 길에 보면
그보다 더 많이 떨어져 있을 때가 허다하다.
자신의 건강만 생각하고 산의 건강은 생각하지 않는
이기적인 사람들.
그래도 눈에 띄는 곳에 버리면 다행이다.
안 보이는 곳에 몰래 버리는 사람들도 많다.
사탕봉지, 손 닦은 물티슈, 음료수 캔, 맥주 캔, 막걸리 통,
초콜릿 봉지, 아이스크림 껍질, 휴지 등등.
'와! 이런 걸 산에까지 들고 온단 말이야?'
싶은 것들도 많이 주워봤다.
그걸 짊어지고 오는 게 더 힘들 텐데.
등산인구가 점점 많아지고 있는데
심각하게 걱정된다.

제발
'나만!' 이라는 생각은 버려줬으면.
'나만' 건강해지면 되고,
'내 가방 속' 만 깨끗하면 되고,
'우리 일행' 만 신나면 된다는 생각은 갖지 말았으면.
나뿐 아니라
내 뒤에 오르는 사람, 그 뒤에 오르는 사람의 마음까지,
또 그 모두를 품어주는 산의 마음까지 떠올리며
등반을 했으면 좋겠다.
조금은 귀찮더라도
들고 온 쓰레기는 가지고 가기!
버리더라도 안 썩는 쓰레기는 제발 버리지 말기!

한 사람 한 사람 손 붙잡고라도 간절히
부탁하고 싶은 마음이다.
산을 사랑하는 모두의 마음.

휴대폰이 사라진 날

휴대폰을 잃어버렸다.
아니 도난당했다.
테이블에 올려놓은 채 잠시 한 눈을 판 사이에
누군가가 들고 갔지 뭔가.
내가 바로 옆에 있었는데.
'설마 훔쳐갈 생각은 아니겠지.' 싶어서
내 번호로 전화를 해보니 이미 전화기는 꺼져 있었다.
2~3분 사이에 일어난 일이다.
공교롭게도 그 일은 금요일 저녁에 일어났다.
내가 할 수 있는 모든 조치를 다 취했지만,
주말 동안에는 그저 기다리는 것밖에 달리 할 일도 없었다.
찾기가 쉽지 않을 것 같았다.
찾더라도 시간이 만만치 않게 걸릴 텐데,
그동안의 불편은 또 어떡하라고.

휴대폰 하나 없는데, 갑자기 외딴 섬에라도 고립된 듯 답답했다.
솔직히 말하자면 휴대전화로 연락 오는 곳이라고 해봐야
매니저와 우리 언니들, 가끔 아버지, 친구 몇몇인데.
그런데도 뭐가 그렇게 불안한지.

물론 사생활 보호차원에서 기분 나쁜 일임에는 분명하지만,
마음 한 구석엔 나에게 연락 올 사람들에 대한 걱정도 있었다.
마치 세상과 단절될 것만 같은 그런 불안함이 있었다.

그런데 참 신기한 일이다.
안절부절 못하며 주말을 맞았지만 정작 이틀 동안
휴대폰 없이 살아보니
이렇게 편할 수가 없다.
내가 당황스러울 정도로 편하다.
혹시 놓친 연락이라도 있을까 봐
수시로 전화기를 확인할 필요도 없다.
벨소리가 들린 건 아닌지,
알림 진동이 울린 건 아닌지 귀를 쫑끗 세울 필요도 없다.
완전한 해방감이다.
아날로그의 맛이 이런 것일까?
그 맛을 100퍼센트 즐기기 위해 나는 인터넷 서핑 대신
이렇게 글을 쓰고 있다.
오랜만에 편지도 써볼까? 물론 손글씨로!
기왕이면 사각거리는 종이에 만년필로 써야지.
비록 몇 시간 후면 나는 또 엄지로 자판을 누르고 있겠지만,
이 잠깐의 시간을 즐겨보고 싶다.
다시 오지 않을 아날로그 시간!

샤갈, 그리고 천경자

'샤갈 전'을 보러 갔다.

늘 매니저와 함께 다니던 내가 '혼자' 미술관을 찾아 나섰다.

어리숙한 행동이나 안 할지 약간의 두려움도 있었는데,

택시 기사 아저씨 덕분에

시작부터 '한 건' 했다.

서울시립미술관 '본관'에서 내려야 했는데,

기사 아저씨도 위치를 몰라 같이 헤매다가

결국 내리게 된 곳이 시립미술관 '분관'이었다는 것 아닌가.

물론 내리는 순간까지

나도, 아저씨도 뭐가 잘못되었는지 알지 못했다.

미술관 입구에 갔을 때에야,

아무리 찾아봐도 '샤갈 전' 이정표가 없는 것을 보고

'아차' 싶었다.

그곳에서는 사진전이 열리고 있었다.

오늘은 내가 나에게 선물 주는 날!

계획에는 없던 곳이지만 어쨌든 오게 되었으니

사진전부터 즐겼다.

그러다 '본관'이 어디 있는지 물었더니 근처라는 말에

다시 한 블록을 걸어 '샤갈 전'이 열리는 곳으로 갔다.
정동 길은 옛 정취가 그대로 남아 있어 소박하고 향긋하다.
본관에 도착해보니
이런, 와 봤던 곳이잖아!
그것도 촬영 때문에 자주 와봤던 곳.
참으로 나답다.
촬영을 하다보면 멋진 곳, 예쁜 곳도 참 많이 다닌다.
그 순간의 그림은 머릿속에 생생하게 새겨지는데,
안타깝게도 지명이나 장소의 이름은 까맣게 기억 못한다.
기억력이 문제인지, 그만큼의 열의가 내게 없었던 건지.
늘 아쉽다.

아무튼 어렵게 도착한 낯익은 미술관에서
1만 2,000원을 내고 입장권을 샀다.
그리고 떨리는 마음으로 전시회장에 들어섰다.
솔직히 이런 경험은 처음이었다.
혼자서 전시회를 오다니.
마치 여행이라도 온 듯 낯설면서도 익숙한 설렘까지 겹쳐
나는 조금 들떴다.

관람객이 많아서
작품 한 점 보는데도 꽤 많은 시간이 걸렸다.
이번에는 상당히 많은 작품이 전시되는 것 같다.
아는 작품도 있었지만, 모르는 작품이 더 많았다.
살면서 감사한 일들 몇 가지!

내가 좋아하는 책들이 아직까지 출판되고 있다는 것,
멋진 클래식이 담겨있는 음반이 아직까지 나오고 있다는 것,
많이 사라져 버렸지만, 아직도 음반가게가 있다는 것,
계절에 따라 거리의 색이 바뀌는 것,
거리를 채운 사람들의 발걸음,
세월의 때가 묻은 옛 건물들과 한옥,
별과 달을 볼 수 있는 밤하늘,
굳은살이 생긴 큼직하고 따뜻한 어른의 손.

그 밖에도 무수히 많지만
모두모두 내 심장에 굳은살을
제거해주는 감사한 것들이다.

그리고 하나가 더 생겼다.
가슴이 터지도록 감동적인 그림들을
직접 볼 수 있다는 것.
이건 정말 축복이다.
오늘, 나는 내 영혼을 뒤흔들어놓은
그림들을 만났다.
그건 샤갈의 그림이 아니었다.
물론 샤갈의 작품들도 마음이 울렁일만큼
아름다웠지만, 뜻하지 않게 내게 감동을
안겨준 그림은 따로 있었다.
바로
천경자 화백의 그림이었다.

'샤갈 전' 이 한창인 시립미술관 2층에서 우연히
그녀의 작품들을 만났다.
2층에 전시된 샤갈 작품들을 다 보고난 후
3층으로 올라가려고 할 때였다.
문득 다른 입구가 보였다.
여긴 뭐지? 하고 조심스레 들어갔는데
그곳에 바로 천경자 화백의 그림이 전시되고 있었다.
미술수업 중에 어렴풋이 들었던 것 같은 이름 석 자,
천 경 자.

그의 그림을 직접 보게 된 것은 처음이었는데
말로 표현할 수 없을 정도로 감동적이었다.
작품 앞에서 나는 한동안 얼어붙은 듯 움직일 수 없었다.
숨이 막힐 듯한 전율이 일었다.
한참 시간이 흐른 후,
엉켜있는 내 머리로 시원한 바람이 불어왔고,
그림들이 가슴으로 들어왔다.

천재다.
화풍도 근사했지만
작품들을 보는 동안 마치 책 한 권을 읽는 듯한 감동이 밀려왔다.
그림을 보면서 나도 모르게 위안을 받았다.
어떻게 이런 일이 가능할까?
처음 느끼는 감정이라 어리둥절했다.

뭔지 모르지만 명쾌한 느낌.
뭔지 모르는데 어떻게 명쾌할 수가 있지?
뭐라 설명하기 어렵지만 강렬한 자극이자 감동이었다.

나중에야 알게 된 것인데
'스탕달 신드롬'이라는 것을 나도 겪었던 모양이다.
『적과 흑』의 작가 스탕달은
한 교회에 진열된 미술 작품을 관람한 뒤
심장이 격렬하게 뛰고 무릎에 힘이 빠지는
황홀경을 경험했다고 한다.
이 증상을 치료하는 데 한 달 이상이 걸렸다는데,
뛰어난 예술품을 감상한 뒤 받은 흥분에서 생기는 현상을
이후 '스탕달 신드롬'이라고 부른다 한다.

작품 앞에서 오랫동안 전율에 휩싸였지만,
작품들을 보고 돌아오는 길
심장이 요동치거나 무릎에 힘이 빠지지는 않았다.
대신 한없이 행복했다.
내 삶에 행복의 조각 하나를 더 얻은 충만한 기쁨이었다.
샤갈의 작품들도 감동이었지만
그림자에 가려져 있던 천경자 화백의 그림들은
내 생에 있어 사막에 물줄기 같은 감동을 안겨 주었다.
그리고는 또 한 번 아쉬워진다.
물론 '샤갈전'은 짧은 기간 열리는 특별전이기에
귀한 경험이긴 하지만,

그래도 길게 늘어선 그 줄에 비해
텅 비어 있던 천경자 화백의 전시장이 너무 쓸쓸해보였기
때문이다.
문득 작년에 러시아로 촬영갔을 때,
차를 타며 지나다 우연히 봤던 한 장면이 떠올랐다.
주말이었는데
박물관 앞에 끝없이 줄을 서 있던 러시아인들.
러시아는 수많은 예술가가 탄생한 곳이다.
아마도 그럴 수 있었던 건
바로 자국민들이 자신의 나라 것을 으뜸으로 인정하는
문화 때문이 아니었을까?

우리의 위대한 예술가들과 그 작품들이
좀 더 널리 알려지고 사랑받을 수 있으면 좋겠다.
교과서 페이지 안이 아니라
생생한 감동으로 되살아날 수 있는 기회가
더 크게 열려 있으면 좋겠다.

이 순간에도 외로이 가려져 있을 우리 예술가들에게
박수를 보내고 싶다.
그리고 천경자 화백님에게도
사랑과 존경과 감사의 마음을 전한다.

사라진 새소리

아침마다 들려오던 새소리가
어느 날인가 멈췄다.
앞집을 부수고 공사를 하면서
나무들을 다 베어버린 탓인가 보다.
우리 집이 아니니 어쩔 수 없는 일이지만
새소리를 못 들으니 그저 아쉽기만 하다.

'새벽부터 돌 깨는 산울림에 떨다가
가슴에 금이 갔다' 는 성북동 비둘기.
김광섭의 「성북동의 비둘기」라는 시가 생각나는 아침이다.

서서히, 그리고 진하게

TH 10TH ST L.L.C.
UM ST BROOKLYN NY
GROUP INC. 304 BOER
56-6801
S: 311
718-802-3710
311

서른을 넘기고서야

나는 나에게서 조금씩 편해졌다.

부족한 나를 용서하기로 한 순간부터 말이다.

완벽하고자 했으나 그렇지 못하였고

그것을 인정하기까지 너무나 힘들었고, 또 부끄러웠다.

하지만 서른을 넘기고서야 조금씩

나를 놔주는 법을 알게 된 것이다.

나의 부족함을 용서하고 나니
타인들의 부족함도 함께 용서하게 되었다.
누구나 완벽하지 않은 인간,
부족하기에 노력하는 인간이니까.

나에게 올 것 같지 않았던
푸릇한 나이의 경계선인 서른을 넘기고서야
체념이란 것을 겨우 배웠다.
거부해도 서른은 오지 않던가.
내가 아무리 노력을 쏟아부어도 결국 안 되는 일도 있다는 걸
받아들이게 되었다.
그렇게 체념을 하게 되니 나를 있는 그대로
인정하게 된 것이다.
이런 모양의 사람이었다는 것을.

물론 그렇다고 다 포기하였단 말은 아니다.
체념하였다고 전부 포기할 내가 아니다.
나란 아이는,
안 되어도 될 때까지 한다.
다만 인간이기에 유약하고 여린 존재라는 것을
스스로 인정하게 되었다는 말이다.
그리고 나니 세상이 편해졌다.
나에게 강요를 하듯 남에게도 강요하던
나의 행동도 한결 부드러워졌고
타인에 대한 칭찬도 진심으로 흘러나왔다.

남에게 잘 보이려던 허황됨도 버리게 되었다.
남에게 잘 보이려 애를 썼던 그 시간들을
이제야 나를 위해 살게 된 것이다.
그렇게 나는 나의 삶을 즐겁게 살기로 작정하게 되었다.
내가 아는 지금의 내가
때가 되면 또 변할지도 모른다.
20대에 나의 30대를 가늠하지 못했듯이 말이다.
미래의 불안함보단 오늘을 알알이 즐기며 사는 것.
아픔도 즐기고
고통도 즐기고
땀도 흘리고
즐거움은 더 즐기고.
그리고 가장 감사함을 가슴에 새기며.

장미로 비유하자면
아직 활짝 피진 않았지만 붉은 향이 막
피어나기 시작하는 그런 단계랄까.
나의 30대는 그렇게 서서히 피어날 것이고,
또 진해질 것이다.
오늘의 목표는
꽃잎과 빛깔이 건강하게 유지되는 것.
그것이다.
그래서 나는 나의 오늘이 기대된다.
그렇게 만들어지고 꽉 차게 될 나의 30대.

아직도 내가 가야할 길은 멀고도 험하다.
그러나 여기까지 살아오며 겪었던 수많은 경험으로 인해
나는 넘어져도 다시 일어설 힘이 생겼으며
두려움 앞에 주저앉지 않게 되었고
아파도 모든 일에 감사해하며
새로운 일에 도전할 수 있는 자신감이 생겼다.
삶의 굳은살 덕분이다.

내가 어떤 길에 들어서고 어떤 걸음을 걷게 될지
아직 잘 모르겠다.
그러나 내가
어떤 선택을 하든 나를 기다려 줄 것이며 응원해줄 것이다.
그리고 언제나 잊지 않을 것이다.
완벽함을 꿈꾸며 노력하는 나는 그저 부족한 인간임을.
늘 만족스럽진 않겠지만 그렇기 때문에 더 노력할 수 있는
나 자신을 발견하게 될 것이라고.

나는 나를 응원할 것이다.
그리고 이 시간을 함께 살아가는 당신을 응원한다.